VIVIANE
ÉLISABETH
FAUVILLE

JULIA DECK

VIVIANE ÉLISABETH FAUVILLE

LES ÉDITIONS DE MINUIT

L'ÉDITION ORIGINALE DE CET OUVRAGE A ÉTÉ TIRÉE À VINGT-CINQ EXEMPLAIRES SUR VERGÉ DES PAPETERIES DE VIZILLE, NUMÉROTÉS DE 1 À 25 PLUS SEPT EXEMPLAIRES HORS COMMERCE NUMÉROTÉS DE H.-C. I À H.-C. VII

www.leseditionsdeminuit.fr

ISBN : 978-2-7073-2240-1

Je suis, depuis que je suis, ici,
mes apparitions ailleurs ayant été assurées par des tiers.

Samuel Beckett, *L'Innommable*

1

L'enfant a douze semaines, et son souffle vous berce au rythme calme et régulier d'un métronome. Vous êtes assises toutes les deux dans un rocking-chair au milieu d'une pièce entièrement vide. Les cartons empilés par les déménageurs bordent le mur de droite. Trois d'entre eux, au-dessus de la pile, ont été ouverts pour extraire les objets de première nécessité, les ustensiles de cuisine, les objets de toilette, quelques vêtements et les affaires du bébé qui sont plus nombreuses que les vôtres. La fenêtre n'a pas de rideau. Elle semble clouée au mur comme une esquisse, une pure étude de perspective, où les rails et les caténaires échappés de la gare de l'Est figureraient les lignes de fuite.

Vous n'êtes pas tout à fait sûre, mais il vous semble que, quatre ou cinq heures plus tôt, vous avez fait quelque chose que vous n'auriez pas dû.

Vous tâchez de vous remémorer l'enchaînement de vos gestes, d'en reconstituer le fil, mais chaque fois que vous en tenez un, au lieu d'attirer mécaniquement le souvenir du suivant, il retombe à plat dans le trou qu'est devenue votre mémoire.

À vrai dire, vous n'êtes même plus certaine d'être retournée, tout à l'heure, dans cet autre appartement que vous fréquentez en secret depuis des années. Les contours et les masses, les couleurs et le style se fondent au loin. Cet homme qui vous y recevait, a-t-il seulement existé ? Et puis, si vous aviez quelque chose à vous reprocher, vous ne seriez pas ici à ne rien faire. Vous tourneriez en rond, épluchant le bord de vos ongles, et la culpabilité paralyserait vos capacités de décision. Or, de cela, point. Malgré le flou qui règne sur vos souvenirs, vous vous sentez très libre.

Vos hanches s'immobilisent, cessant d'imprimer au rocking-chair leur mouvement. Vous portez le bébé dans la chambre contiguë. Cette pièce est un peu plus aménagée. De part et d'autre de la fenêtre se trouvent un lit simple, couverture bien tendue sous le drap retroussé, et le berceau. L'enfant proteste à peine lorsque vous l'allongez sur le dos et replonge dans le sommeil. Vous jetez un œil autour de vous, redressez les piles de vêtements qui cachent un coffre en bois sous la fenêtre, lissez la robe suspendue à l'avant d'un portant métallique qui contient aussi tous vos manteaux, vos pantalons pour l'hiver. Les pulls s'entassent sur la grille au-dessus de la tringle, les escarpins et les bottes patientent par paires entre les roulettes.

Un couloir dessert les deux pièces et la cuisine. Au bout se trouve la salle de bains, réduit minuscule où, assise sur les toilettes, vos genoux heurtent le lavabo et votre pied gauche le bord de la douche. Des langues de peinture s'effritent lentement du plafond. Il aurait fallu rafraîchir mais vous vouliez emménager le plus tôt possible, vous avez déclaré au propriétaire que vous feriez exécuter les travaux vous-même une fois sur place, il n'aurait qu'à vous céder un mois de loyer. Quant à la cuisine, il n'y a rien à dire. L'électroménager dernier cri intégré sous un plan de travail en imitation granit, la plomberie rutilante et le carrelage étincelant justifient à eux seuls l'énormité du loyer.

Vous sortez deux œufs du frigo, un bol du placard au-dessus de l'évier pour battre une omelette. L'omelette, on croit qu'il la faut lisse, et l'on se trompe. C'est l'art d'à peine instiller le blanc dans le jaune, de les saisir à point. Vous avez souvent observé votre mère battre l'omelette. Ses instructions se sont gravées dans votre mémoire, et c'est bien le moins parce qu'à cela se résument vos talents domestiques. Vous avez fait des études, une belle carrière professionnelle. Ces activités laissent peu le temps de devenir une parfaite maîtresse de maison. Vous le regrettez car, à vos heures de désarroi, vous écouteriez le premier venu, et il se trouve encore des gens pour affirmer que c'est ainsi qu'on garde un mari.

Tout en mixant les œufs à la fourchette, vous tentez de vous rappeler ce que vous avez fait aujourd'hui. Le bébé vous a réveillée à six heures. Une faible plainte s'élève dans la chambre encore sombre malgré l'absence de volets. Vous ouvrez un œil, murmurez un air bête, une de ces chansons pop apprises à quinze ans qui sont les seules berceuses que vous connaissez. Puis vous faites chauffer le biberon et filez sous la douche en attendant qu'il arrive à température. L'enfant se retrouve à la cuisine dans vos bras, elle mange et ni l'une ni l'autre ne pensez plus à rien. Vous la reposez quelques minutes dans le berceau pour préparer ses affaires, brosser vos cheveux, allonger vos paupières au pinceau. Ensemble vous sortez.

La nourrice habite rue Chaudron. De votre immeuble, à l'angle des rues Cail et Louis-Blanc, c'est tout droit puis à gauche puis à droite. La nourrice s'en tient à la prestation minimale. Elle veille à la propreté des lieux avec une attention scrupuleuse, prodigue à l'enfant des soins irréprochables et ne se dépense jamais en politesses inutiles. Cela vous convient tout à fait. Dans un mois vous reprenez votre travail, et il faut que la petite s'habitue, un peu, à vivre sans vous.

Jusqu'à deux heures de l'après-midi, vous accomplissez les formalités administratives liées au déménagement, au divorce, à l'allocation pour parent isolé. Vous achetez aussi quelques vêtements, passez chez le coiffeur, acceptez les services de la manucure. Autrefois, vos amies déjà mères se plaisaient à répéter que vous, qui ne le seriez sans doute jamais, aviez bien de la chance de pouvoir vous occuper de vous. La chance tournerait-elle, vous avez résolu d'épargner à votre descendance la responsabilité de votre beauté racornie.

L'omelette maintenant arrive à point. Vous la pliez en croissant avec la spatule et la faites glisser sur une assiette en plastique, tapotant le bord pour faire résonner ce matériau bizarre qui imite si bien la porcelaine. Vous l'avez achetée au Monoprix de la gare du Nord. Sans y regarder de près, vous étiez trop occupée à étudier du coin de l'œil un autre client du rayon. Il avait à peu près votre âge, examinait les mêmes modèles. Vous tâchiez de deviner si lui aussi, urgence oblige, avait été contraint d'abandonner derrière lui la vaisselle de famille. Vous n'avez pas eu le cran de poser la question.

Au milieu du croissant, vous versez le contenu d'une boîte de petits pois-carottes et mettez le tout au micro-ondes, légère entorse à l'art de l'omelette, en revenant à ce que vous avez fait ce matin. Il semble bien que vous êtes allée chez votre mari, justement : vous avez encore la clé, et il y a plusieurs objets dont vous vous êtes aperçue qu'ils vous manquaient.

L'appartement de la rue Louis-Braille n'a pas changé depuis un mois. Julien dit qu'il va déménager mais ça traîne. Au reste, il n'a pas l'air de passer beaucoup de temps ici. L'évier, l'égouttoir sont vides, il n'y a pas de sac dans la poubelle et le programme de télévision date d'avant votre départ. Vous récupérez un plateau rectangulaire, quelques serviettes de toilette et le grille-pain. Dans le placard de la deuxième chambre – celle qui devait accueillir l'enfant –, cherchant un cabas où fourrer le tout, vous tombez sur vos cadeaux de mariage. Or il n'y a aucune raison pour que cet homme qui vous a si mal aimée, que vous avez tellement désiré et qui vous a tellement déçue, garde l'ensemble de huit couteaux de cuisine offert par votre mère à l'occasion de cet événement. Vous avez embarqué les couteaux dans votre sac à main, et ce n'est déjà pas si mal de se souvenir de cela. Vous terminez la dernière bouchée d'omelette et allez vous coucher.

2

Le matin suivant, mardi 17 novembre, votre mémoire est entièrement revenue. La montre au pied du lit indique 5 : 03. Il reste à peu près une heure avant que l'enfant se réveille, une heure pour trouver une solution, balayer autant que faire se peut les débris semés tout autour de vous.

Vous êtes Viviane Élisabeth Fauville, épouse Hermant. Vous avez quarante-deux ans et, le 23 août, vous avez donné naissance à votre premier enfant, qui restera sans doute l'unique. Vous êtes responsable de la communication des Bétons Biron. L'entreprise Biron gagne beaucoup d'argent, elle occupe un immeuble de huit étages rue de Ponthieu, à deux pas des Champs-Élysées. Dans le hall, des hôtesses d'accueil souples et collantes comme les lanières en plastique des anciens rideaux de cuisine font patienter les visiteurs avec des trivialités équivoques.

Votre mari, Julien Antoine Hermant, ingénieur des Ponts et Chaussées, est né il y a quarante-trois ans à Nevers. Le 30 septembre, il a mis fin à deux ans d'horreur conjugale. Il a dit Viviane, rentré à pas d'heure de son soi-disant bureau d'études, Viviane je te quitte, il n'y a pas d'autre solution, de toute façon tu sais que je te trompe et que ce n'est même pas par amour mais par désespoir.

Vous avez encaissé la charge qui vous pulvérisait les côtes avec une parfaite impassibilité. Vos épaules se sont à peine voûtées, le rythme du rocking-chair s'est à peine altéré, vos doigts se sont à peine crispés sur les accoudoirs. Il a repris Viviane, comprends-moi, tu as l'enfant, moi j'ai besoin d'air. Et puis je ne peux pas te donner ce que tu veux, peut-être que tu attends trop de moi – Viviane, je t'en supplie, dis quelque chose.

Vous avez répondu non, c'est moi qui m'en vais. Garde tout, je prends l'enfant, nous n'aurons pas besoin de pension alimentaire. Vous avez déménagé le 15 octobre, trouvé une nourrice, prolongé votre congé maternité pour raison de santé et, le lundi 16 novembre, c'est-à-dire hier, vous avez tué votre psychanalyste. Vous ne l'avez pas tué symboliquement, ainsi qu'on en vient parfois à tuer le père. Vous l'avez tué avec un couteau de marque

Henckels Zwilling, gamme Twin Profection, modèle Santoku. « Le tranchant de la lame, d'une géométrie unique, offre une stabilité optimale et permet une coupe aisée », précisait la brochure que vous étudiiez aux Galeries Lafayette tandis que votre mère sortait son chéquier.

Ce couteau, qui fait partie d'un ensemble de huit, vous l'avez récupéré chez Julien dans la matinée. Vous n'avez eu aucune hésitation au moment de reprendre l'étui. Il a plongé au fond du sac, vous en avez refermé la glissière d'un trait définitif. Puis il s'est produit un événement très étrange. Vous alliez quitter l'appartement, vous aviez déjà la main sur la poignée de porte lorsqu'un voile noir s'est abattu sur la pièce. Soudain ce n'était plus vous qui abandonniez les lieux, c'étaient les lieux qui tournaient autour de vous, se soulevant de toutes parts, sol, murs, plafond entrechoqués dans un brutal renversement des dimensions. La sueur perlait au creux de vos mains, des milliers d'insectes vrombissaient dans votre crâne, armée grouillante à l'assaut des moindres parcelles de peau libre, bloquant les issues, barrant les yeux, la bouche et le nez.

Vous avez glissé sur le linoléum, tête sur les genoux pour faciliter l'irrigation du cerveau. Sorti la bouteille d'eau minérale de votre sac. Bu quelques gorgées, adressé des prières à dieu sait qui en espérant que la terreur se dissipe. Sous la commode, seuls visibles dans l'obscurité, les iris jaunes du chat vous observaient avec circonspection.

Enfin vous vous êtes rappelé que vous payez un spécialiste. Lorsque vos doigts ont moins tremblé, vous avez attrapé votre téléphone portable, fait défiler le carnet d'adresses et sélectionné Psy.

Il vous répond de sa petite voix sèche parce qu'il est en consultation et parce que c'est sa voix de d'habitude. Le docteur ne s'embarrasse pas de formalités, elles sont contraires à son éthique et nuisibles à la cure, il vous l'a maintes fois répété. Vous avez déjà de la chance qu'il accepte de vous recevoir en urgence, ce soir à 18 h 30, un rendez-vous qui s'est décommandé. De toute façon, il vous rabâche depuis des mois qu'il faut passer à trois séances par semaine.

Vous êtes rentrée chez vous pour déposer le cabas contenant le grille-pain, puis vous êtes passée chez la nourrice. Vous lui avez demandé si, exceptionnellement, elle pourrait garder le bébé jusqu'à ce soir. Mais non, ça ne l'arrange pas du tout. Vous repartez avec votre fille, vous la nourrissez et passez l'après-midi dans le rocking-chair à chercher une solution.

En vérité, vous l'avez déjà trouvée, vous tentez juste d'en apprivoiser l'idée. Quand la petite s'endort, elle en a pour trois heures. Cela laisse amplement le temps de faire un saut dans le 5e arrondissement – avec la ligne 7, c'est direct. Vous fermerez le gaz, dégagerez les convecteurs, et vous ne verrouillerez pas la porte pour faciliter l'entrée des pompiers au cas où un feu se déclarerait malgré toutes ces précautions. De telles dispositions n'honorent évidemment pas votre instinct maternel. Vous n'en tirez aucune fierté, et vous n'irez pas rapporter gaiement cette scène à votre fille âgée de huit ou neuf ans lorsqu'elle s'avisera de vous prendre en défaut, ayant établi par comparaison avec les volumes de la Bibliothèque rose que vous n'êtes pas la mère idéale vantée par les romans de bonne moralité. Voilà, vous ne direz rien à personne, jamais, vous savez garder vos petits secrets.

Vers la fin de la journée, vous faites manger l'enfant, vous la couchez, puis remontez la rue de l'Aqueduc jusqu'au métro. Il y a dix-huit arrêts jusqu'à Censier-Daubenton, le trajet prend une bonne demi-heure. Lorsque vous émergez du souterrain, la nuit achève de tomber. En deux minutes, vous avez traversé la place et gagné la rue de la Clef qui est déserte. Vous ne croisez pas plus de monde en montant au troisième étage du 22 bis. Vous sonnez et, quand grésille l'ouverture automatique, vous passez dans la salle d'attente. Cinq minutes plus tard, un murmure d'au revoir se fait entendre, suivi du claquement de la porte palière.

On vous fait patienter encore un bon moment pendant lequel on semble donner quelques coups de fil, s'en griller une à la fenêtre. Vous feuilletez distraitement la seule publication à portée de main, un *Polyeucte* en Classiques Garnier dont les pages en éventail se détachent de la reliure. On ne s'est vraiment pas fatigué pour atténuer le trac avant le lever de rideau, et vous songez rétrospectivement que s'il y avait eu un *Match* ou un *Point de vue*, si l'on avait un tant soit peu cherché à soulager votre mal au lieu de vous y plonger, vous n'en seriez peut-être pas arrivée là.

Le docteur vous reçoit au bout d'un long quart d'heure, arborant un petit sourire de satisfaction. Il semble même qu'en reculant pour vous laisser entrer, il a esquissé une légère révérence.

Alors, inaugure-t-il, faussement débonnaire, comme s'il allait vous raconter une bonne histoire. Mais c'est un piège, un truc éprouvé pour que le client s'engouffre dans la brèche. Ce piège, vous le connaissez depuis longtemps, pourtant vous êtes incapable de résister à la force obscure du docteur.

Cela s'est reproduit ce matin, commencez-vous. Cela avait disparu lorsque j'étais enceinte, c'est revenu. Je me suis retrouvée par terre chez moi, enfin chez mon mari, dans mon ancien appartement. Il faut faire quelque chose, je n'en peux plus, je dois m'occuper de ma fille.

Le docteur dit oui.

Oui quoi ? répétez-vous. Je vous dis qu'il faut faire quelque chose, c'est ni oui ni non. Je ne suis pas venue pour remonter au déluge, je suis fatiguée, il faut m'aider maintenant.

Mais vous savez bien, madame Fauville, pardon, Hermant, vous savez bien que les symptômes ne sont que des symptômes. Qu'il faut remonter à la source, n'est-ce pas madame Hermant ?

Cher monsieur, cher docteur, il faut vous dire que je m'en moque, de la source. Ça fait trois ans que vous me promenez avec cette histoire, trois ans que c'est du pareil au même. Si vous ne pouvez rien pour moi, il faut le dire, j'irai voir ailleurs.

Oui ?

Docteur, vous ne m'entendez pas. Je ne veux plus jouer, je dis pouce. Il faut employer une autre méthode ou il est inutile que je revienne ici.

Allons, du chantage.

Ça n'a rien à voir avec du chantage, montez-vous d'un ton. C'est tout le contraire. Je voudrais rester, je voudrais que ça fonctionne, mais je ne peux pas continuer éternellement sans résultat. Je n'ai pas les moyens.

Les moyens ?

Oui, les moyens, là, les moyens, aboyez-vous maintenant. Le temps, l'argent, les ressources nécessaires. Il y a le loyer, les factures, la nourrice, ce n'est pas mon mari qui va m'aider, dois-je vous le rappeler, mon mari qui m'a quittée pour je ne sais quelle jeune et fraîche imbécile, bref je me retrouve seule, comme on dit, seule avec ma fille, nous sommes deux seules et il faut s'en sortir.

Pourquoi avez-vous fait ce choix ?

Vos doigts se crispent, vos vertèbres s'écrasent contre le dossier du fauteuil. Vous fermez les yeux. Une petite pluie de rage s'échappe au coin de vos paupières. Vous vous revoyez, un mois et demi plus tôt, tassée au fond du rocking-chair dans l'appartement de la rue Louis-Braille, face à votre mari qui vous congédiait, essayant de garder votre sang-froid en décidant aussitôt de déménager car c'était votre dernière chance de le doubler, de le prendre de court.

Vous attrapez votre sac à main. Cherchant les mouchoirs en papier, vous tombez sur l'étui de couteaux qui est assez lourd. Mais vous étiez tellement pressée, tout à l'heure en partant, tellement préoccupée par l'idée d'abandonner votre fille, vous n'avez pas fait attention à son contenu. Vous trouvez les mouchoirs, le sac reste ouvert sur vos genoux.

Je n'ai fait aucun choix, c'est mon mari qui m'a quittée.

Mais nous faisons tous des choix inconscients.

Vous suggérez que je l'ai poussé vers la porte.

Je ne suggère rien, c'est vous qui le dites.

Vos bras tressautent sur les accoudoirs, vos mains sont prises d'un tremblement.

Écoutez, madame Hermant, voilà ce qu'on va faire. Vous allez me reprendre ces pilules pendant quelques mois, vous savez, les anti-déprime, et puis les anti-coups de nerf, ça stabilisera les crises. Elles vous ont pas mal réussi la dernière fois, hein madame Hermant ? Voilà, je vous fais une ordonnance. Soyez gentille, recommencez le traitement, revenez me voir mercredi, et on passe à trois séances par semaine. Le lundi à 8 h, ça vous va ?

Soudain vous redevenez très calme. Le docteur a trouvé le mot juste. Gentille. Vous ne le serez plus jamais. Vos doigts fouillent le sac à main, entrouvrent l'étui, palpent les lames et extraient la plus large de l'anneau qui la maintient contre le velours synthétique. Vous sortez le couteau du sac, vous vous levez, avancez d'un pas. Le docteur sourit toujours, attendant la suite comme s'il était au spectacle. Bien sûr, de cela non plus il ne vous croit pas capable. Il n'a jamais vu en vous qu'une bourgeoise, une pâle carriériste, une névrosée de base qu'on domestique à coups de pilules blanches ou bleues. Il va enfin prendre la mesure de ce que vous êtes. Et en effet, tandis que vous approchez, le ricanement s'affaisse, les traits se figent, son visage mou acquiert une armature. Mais quand advient la conscience de ce qui va se produire, il est beaucoup trop tard.

Vous êtes à quelques centimètres de lui, le dominant de votre haute taille et de vos talons. Vous élevez la pointe du couteau à hauteur de son estomac, maladroitement, tâtonnant un peu, pas tout à fait sûre que ça va marcher. Il ouvre sa bouche ronde, un cri se forme au fond de la gorge. Alors vous savez qu'il ne faut pas hésiter. Vous plongez la lame juste en dessous de la dernière côte, l'y trempant jusqu'à la garde. Les viscères ont la mollesse du beurre. Vous remontez vers le poumon mais déjà le petit homme expire, il gît au pied du fauteuil d'où il ne sévira plus.

La tache de sang s'évase sur la chemise bleue. Bientôt c'est une flaque sur son flanc gauche, puis une mare qui s'étend jusqu'au tapis. Vous éloignez le bout de vos souliers. Vous ne pensez à rien, vous n'avez aucune stratégie, mais peut-être qu'un souvenir de film ou de roman policier traverse alors votre esprit, et il vous semble qu'il vaudrait mieux ne pas être aperçue, dans les prochaines minutes, sortant du cabinet le visage hagard et maculée de sang. Vous essuyez le couteau sur votre pull, le liquide traverse le lainage et mouille la peau de votre ventre. Dans la poche de votre imperméable, vous découvrez un sac chiffonné en boule. Le couteau s'y retrouve enveloppé, vous vérifiez que vous n'avez rien oublié et quittez la pièce. Il y a au moins mille preuves derrière vous qui vous accablent, mais vous seriez bien en peine de les déceler même en y passant la nuit, n'ayant jamais songé à peaufiner vos compétences de meurtrière.

Pas plus de monde, rue de la Clef, que tout à l'heure. La première personne que vous croisez, c'est une jeune femme à l'angle de la rue Monge, avec une baguette sous un bras, un petit garçon pendu à l'autre et une mauvaise tête de lundi soir. Vous débouchez sur le carrefour où se trouvent la station de métro, plusieurs brasseries avec terrasses chauffées, donc des dizaines de clients n'ayant rien de mieux à faire qu'observer la circulation, noter le signalement des piétons les plus pittoresques. Vous vous engouffrez dans le souterrain.

Sur le quai, le panneau électronique annonce trois minutes d'attente pour le prochain train. Vous vous asseyez sur un siège orange, épiant les voyageurs à proximité – trois jeunes hommes en costume, deux étudiantes avec des petits clous dans le nez, à la base des sourcils, aux lobes de leurs jolies oreilles, un Africain drapé d'un ample habit vert. Vous attendez qu'ils vous démasquent. Cela doit se lire sur votre figure, que vous venez de tuer un homme. Pourtant l'Africain s'absorbe dans un quotidien gratuit, les étudiantes observent le manège des souris entre les rails, et les autres échangent des informations sur les baromètres mensuels du secteur automobile.

La rame entre dans la station. Les usagers s'écrasent contre les vitres jusqu'à l'ouverture des portes, fluent sur le quai, refluent docilement à l'intérieur sous l'injonction du signal sonore, et les nouveaux venus jouent des coudes pour s'immiscer dans le wagon. Vous progressez lentement vers le cœur de la foule. Quelques hommes vous contemplent d'un air distrait, mais votre visage paraît s'effacer de leur mémoire dès qu'ils reportent les yeux ailleurs.

À Stalingrad, le flot vous jette hors du train et vous ramène à la surface, boulevard de La Chapelle. En cinq minutes vous arrivez au pied de votre immeuble. Vous ne croisez pas un chat jusqu'au cinquième étage, hormis le blanc du second qui a fini son tour et attend qu'on lui ouvre la porte. Cherchant le trousseau de clés dans la poche extérieure de votre sac à main, vous vous rappelez que c'est inutile, vous n'avez pas fermé. Un simple tour du bouton de porte et vous entendez le gazouillis qui s'élève du berceau – le bébé se réveille à peine. Vous courez vers le lave-linge pour y jeter tous vos vêtements. Entièrement nue sous l'ampoule également nue, vous nettoyez le couteau au liquide vaisselle, à l'eau de Javel, à la térébenthine, puis vous le rangez avec les autres dans l'étui. Le biberon chauffe, vous bercez la petite qui mange et s'endort. Dans le rocking-chair au milieu du salon vide, vous oubliez.

3

Le matin suivant, mardi 17 novembre, la mémoire est entièrement revenue. La montre au pied du lit indique 5 : 58. Il reste environ deux minutes avant que l'enfant se réveille, deux minutes pour trouver une solution, balayer autant que faire se peut les débris semés par la journée d'hier.

Viviane se lève et s'approche du berceau. Du bout de l'index, elle lance le mobile fixé au rebord par une tige métallique recourbée. C'est un petit manège de girafes et de lions, ceux-ci suspendus un cran au-dessus de celles-là de telle façon qu'elles semblent hors de leur portée. Mais si l'on agite un peu plus le mobile, les animaux ne tournent plus seulement en rond, ils dansent aussi verticalement, et toutes les issues deviennent possibles. L'enfant ouvre un œil. Surprise de trouver aussitôt sa mère, elle en oublie de pleurer.

Après l'avoir confiée à la nourrice, Viviane se dirige sans hésitation vers le boulevard de La Chapelle. Elle porte un ensemble pied-de-poule sous son manteau gris, les nuages s'éloignent en stricte parallèle au-dessus des voies de chemin de fer, tout paraît très ordonné. À la station de métro, elle prend la ligne 5 qui, six minutes plus tard, la dépose à République où elle change pour la 8, direction Créteil-Préfecture. C'est l'évidence, l'arme du crime doit retourner où on l'a trouvée. Il y a bien l'option de s'en débarrasser dans le bassin de La Villette ou la Seine, mais c'est toujours quand on va y jeter les preuves à charge que surgit un témoin providentiel pour les forces de l'ordre. Oui, le couteau doit retourner chez Julien, sur l'étagère où il n'a cessé de dormir depuis qu'il lui fut offert, au lieu de reposer tranquillement dans le tiroir de la cuisine d'où on l'extrairait, une fois par semaine, pour atomiser la pintade dominicale.

Descendue à Michel-Bizot, Viviane emprunte les rues de Toul puis Louis-Braille. Au n° 35 s'élève un immeuble moyen construit quelque part dans les années 1970. Elle traverse le jardinet, pousse la porte et tombe sur la gardienne en train de lessiver le sol au pied des boîtes aux lettres.

Tiens, madame Hermant, ça fait plaisir. Justement, j'ai vu votre mari hier soir. Accompagné. Je vous rassure, elle est bien trop jeune pour lui.

Soyez patiente, il va revenir, croyez-moi, il va rappliquer ventre à terre.

Merci merci, répond confusément Viviane. Je me demandais s'il avait laissé du courrier dans la boîte.

Ah non, je crois qu'il l'a monté. Mais j'ai toujours la clé de là-haut. Si vous voulez, on peut jeter un œil.

Viviane n'en demandait pas tant, qu'on l'invite à entrer sans qu'elle ait l'air d'avoir la clé. Elle contourne avec précaution l'espace humide délimité par les passages de la serpillière pendant que l'autre fouille dans sa loge à la recherche du trousseau et lui emboîte le pas. La gardienne ouvre la porte sans difficulté, comme si elle passait toutes ses journées à fureter dans les logements vides. Elle soulève un coussin sur le canapé, le programme de télévision dans la cuisine, bon je vais voir dans la chambre, déclare-t-elle sans préciser ses intentions. Viviane se précipite derrière elle dans le couloir, puis dans la deuxième chambre. Tandis que la gardienne inspecte la conjugale, elle remet l'étui de couteaux à sa place.

Tiens tiens, regardez-moi ça, fait triomphalement la gardienne de l'autre côté de la cloison. Viviane la rejoint et note qu'elle a ramassé, au pied du lit, un bout de plastique brillant dont il est vraisemblable qu'il ait servi d'emballage à un préservatif. Mais une fois que la gardienne l'a déplié, c'est la déception, un simple paquet de chewing-gums. Viviane montre les vieilles pantoufles attrapées au fond du placard pour justifier d'avoir traîné dans l'autre chambre – je me disais que j'allais récupérer ça, tant que j'y suis. Mais ne vous gênez pas, ma petite, vous n'allez tout de même pas lui faire de cadeaux, à ce monsieur. On finit le tour de l'appartement, il n'y a de courrier nulle part, Viviane sort la première et laisse à la gardienne le soin de verrouiller. Merci quand même, madame Urdapilla, j'étais bien contente de vous voir.

Puis elle se dirige vers la place Félix-Éboué où elle entre dans une brasserie, commande un jambon-beurre et une eau gazeuse – non, mettez-moi plutôt un verre de vin, de blanc, oui, très bien le blanc. De l'autre côté de la baie vitrée, les huit lions de la fontaine crachent de l'eau comme des lamas. Viviane s'en désintéresse rapidement, mâche un morceau de sandwich, avise *Le Parisien* qui traîne au bout du zinc et cesse de mâcher.

Elle expédie les premières pages dont aucune ne la concerne, s'arrête sur la treizième qui promet des faits divers, et particulièrement sur un filet en bas à gauche surtitré Homicide. « Une secrétaire abat son ex-compagnon. » Il n'y a aucun enseignement à en tirer. La femme âgée de trente-neuf ans a été interpellée trois heures après les faits à son domicile, à Cambremer dans le Calvados. Les détectives connaissent leur métier, ils sont spécialistes de ce genre de criminelles amatrices. Alors que fait la police ? Il est midi et demi. Le docteur est mort depuis hier soir, on n'aura pas tardé à le découvrir, un patient, une épouse inquiète avec son gigot sur les bras, ses pommes de terre persillées refroidies. Il y aura eu des gémissements et des cris, un voisin se sera précipité vers le théâtre du drame, aura composé le 17 sous les yeux égarés de la veuve.

Tôt ou tard, le téléphone va sonner. Un inspecteur voudra savoir comment Viviane a passé sa soirée, pourquoi elle a réclamé un rendez-vous en urgence parce que le patient du matin, celui qui se trouvait avec le docteur lorsqu'il a pris l'appel, aura rapporté leur conversation. Il n'y avait qu'à faire défiler le répertoire du psy pour savoir qui lui parlait, tu es bête, Viviane, tu es vraiment trop bête, tu aurais dû emporter son téléphone, il était là sur le bureau, tu t'en souviens parfaitement.

Elle referme le journal. Consulte, en dernière page, l'horoscope. « Cœur : quelque chose change dans vos rapports à l'être aimé. Réussite : Vous pourriez vous trouver dans une sorte de virage. Forme : Un peu de tension nerveuse. » Termine son verre et quitte l'établissement en direction de Faidherbe-Chaligny, envisage le souterrain, décide de continuer à pied. Elle marche et réfléchit de plus en plus vite sous les nuages méthodiquement alignés. Avec un peu de chance, les fonctionnaires seront débordés. Et puis le taux d'élucidation des homicides se monte à quoi, 80 % selon les statistiques du ministère de l'Intérieur, sans compter les erreurs judiciaires, cela fait au moins 20 % de chances de s'en tirer, songe-t-elle en remontant les rues Faidherbe et Saint-Maur. Par ailleurs, il n'y a ni casier ni mobile, et sûrement rien d'incriminant dans les dossiers du docteur tellement il la trouvait sans intérêt comme patiente. Viviane contourne l'hôpital Saint-Louis par le nord-nord-est. Cent cinquante mètres sur la droite la ramènent place du Colonel-Fabien, et maintenant ça va être tout droit, et maintenant dans la poche de son grand manteau gris le téléphone commence à vibrer.

4

Dissimulé, en retrait de la place Maubert, par une haie de commerces de proximité, le commissariat central du 5e arrondissement occupe un large pâté de maisons entre le boulevard Saint-Germain, les rues de la Montagne-Sainte-Geneviève, des Carmes et Basse-des-Carmes. Que ce fût intentionnel ou non de la part de ses concepteurs, son architecture s'inspire de l'esthétique militaire telle qu'elle s'épanouit sur les côtes françaises dans les bunkers, blockhaus, bases sous-marines édifiés par les Allemands sous l'Occupation. En somme, c'est plutôt moche.

Traversant le hall en serrant leurs poings moites, Viviane et sa fille ne suscitent aucun intérêt parmi les agents qui conspirent autour du guichet. Mais la préposée aux renseignements scrute la mère d'un air tout de même un peu soupçonneux en apprenant pour quoi elle vient, convoquée par l'officier de police judiciaire Philippot, enfin elle ne sait pas ce qu'on lui veut, tais-toi Viviane, tu t'embrouilles, tu t'enfonces, tais-toi. Montez au troisième, il vous appellera, répond la préposée.

À la sortie de l'ascenseur, des chaises en plastique s'alignent devant des bureaux aux vitres bleutées, doublées à l'intérieur de stores à lames tranchantes. Cela ressemble tout à fait aux séries diffusées par les chaînes de la télévision publique. Vu d'un peu plus près, on note cependant que le ménage laisse à désirer et que la peinture mériterait un petit rafraîchissement.

Un agent fait signe à Viviane de s'asseoir et elle s'assied, observant les allées et venues dans le couloir. Elle distingue facilement les flics en civil, circulant à leur aise entre les bureaux, des civils tout court qui entrent à reculons et se précipitent vers la sortie. Au bout d'un quart d'heure, le bébé commence à protester, pleure et hurle enfin au-delà de toute retenue. On regarde Viviane qui rougit, se lève et arpente le couloir avec sa fille dans les bras. Elle chuchote des mots d'amour, mais si peu convaincue au fond d'elle-même qu'il y a lieu de se rassurer qu'elle ne fait que redoubler les vagissements de l'enfant.

Une porte s'ouvre et paraît un homme très grand, très beau. Il dépasse la mère d'une bonne tête, lance un coup d'œil oblique à l'enfant qui se tait. Venez, dit l'officier de police judiciaire Philippot, écourtons ce supplice. On entre dans un bureau sans âme, avec une table surchargée de dossiers au milieu, deux chaises de part et d'autre, un vieil ordinateur dans l'angle.

Bien, chère madame, vous êtes donc une patiente du docteur Jacques Sergent. Comment avez-vous appris sa mort ? Puis il transperce Viviane qui n'a plus du tout la tête à rien. Le policier a le crâne lisse et les lèvres charnues, genre Yul Brynner aux yeux pâles. Sa chemise ciel rime avec son regard, son veston sable avec sa peau. Il a dans les cinquante-trois, cinquante-quatre ans. Il lui plaît beaucoup. Il lui plaît beaucoup et il va la coincer parce qu'il n'a pas l'air d'un imbécile.

Il est mort ? hasarde-t-elle sans espoir. Mais comment peut-il être mort ? Je l'ai vu l'autre jour, il se portait très bien, et qui va me soigner maintenant ?

C'est drôle, c'est ce qu'ils répondent tous, ironise l'inspecteur. À quand remonte votre dernier rendez-vous ?

J'y étais vendredi. Oui, vendredi, j'avais rendez-vous à midi. Depuis deux mois c'est mon horaire, avec le mercredi 10 h. Avant j'étais enceinte, explique-t-elle en montrant sa fille avec un petit décroché du menton, du geste dont on désigne, par exemple, les légumes au marché ou la monnaie posée sur le comptoir.

Et ça s'est bien passé ?

Je ne vais pas vous mentir, dit Viviane après un silence où elle a pensé je ferais mieux de mentir, puis non, je mens trop mal, il ne me croira jamais, et enfin soyons sincère, je m'achèterai peut-être du crédit. Donc Viviane dit je ne vais pas vous mentir, ça ne se passe jamais très bien.

Oui ?

Oui quoi, s'énerve-t-elle. Excusez-moi, c'est lui qui disait ça. Il répétait toujours oui au lieu de répondre à mes questions, c'était très irritant.

Vous êtes nerveuse.

En effet, je suis nerveuse, c'est pour ça que je consulte un spécialiste.

Mais il vous énerve.

Qu'est-ce que vous voulez me faire dire, à la fin, que j'ai des problèmes ? Parce que je peux l'avouer tout de suite. Oui, j'ai plein de problèmes et je suis fatiguée, mon mari m'a quittée, et elle se met à pleurer.

Bon bon bon, temporise l'inspecteur qui, s'il traque sans relâche la vérité des faits, n'a pas l'air bien à l'aise avec les confidences du cœur. Et qu'est-ce que vous faisiez hier soir entre 17 h et minuit ?

J'étais à la maison avec ma fille, dit Viviane en

reniflant mais sans se troubler car c'est à peine mentir : à 17 h, elle y était, à la maison avec sa fille, et à minuit aussi. Puis trop vite elle ajoute si vous ne me croyez pas, vous pouvez demander à ma mère. Elle m'a appelée vers 20 h, elle vous le confirmera – pardon, je vais prendre un cachet pour me détendre.

Vous êtes sous médicaments ?

Le docteur m'en prescrivait de temps en temps. Mais des ordonnances tout à fait classiques. D'ailleurs tenez, j'en ai une sur moi.

Yul jette un œil au papier, note deux ou trois mots, sans doute le nom des produits, et le lui rend. L'estomac de Viviane se soulève. C'est l'ordonnance que le docteur lui a faite hier, la date est inscrite en haut à droite. Ses doigts tremblent lorsqu'elle la range dans le sac à main, mais Yul a la tête ailleurs. Yul, elle ne semble pas l'intéresser beaucoup, et comment lui en vouloir ? Elle voit bien que cet interrogatoire dessine le profil d'une future divorcée parfaitement banale : ce n'est pas sur ce terrain déprimé que poussent les germes assassins, les herbes meurtrières.

Mais dites-moi, chère madame, pourquoi avez-vous appelé le docteur hier à 10 h 38 ?

Réfléchis, Viviane, réfléchis. Dis quelque chose, n'importe quoi plutôt que ce silence coupable. Eh bien oui, répond-elle enfin, j'ai fait un malaise. Il m'a donné rendez-vous en urgence à 18 h 30 mais je n'ai pas pu y aller, je n'ai trouvé personne pour s'occuper de ma fille, vous n'avez qu'à demander à ma mère.

Et vous ne pouviez pas le dire plus tôt ?

J'ai pensé, plaide Viviane en se remettant à pleurer, que ça ferait louche alors que vous voyez bien que je n'y suis pour rien, et l'inspecteur se retient d'acquiescer tellement il la trouve sans intérêt comme suspecte.

Puis le téléphone interrompt l'entretien et Philippot prête une attention soutenue à son correspondant. Cela dure quelques minutes, il s'exprime peu tandis qu'à l'autre bout du fil on semble exposer de nouvelles données de la situation. Enfin il raccroche et dit bien, on va en rester là pour aujourd'hui.

Je suis libre ? s'étonne Viviane.

C'est ça, vous êtes libre, répond Yul en la raccompagnant vers la sortie, limitant le contact avec l'œil plein de gratitude de la mère et celui, plus réservé, de l'enfant. Vous auriez quand même pu la faire garder, dit-il un peu plus gentiment.

5

L'article du *Parisien* du lendemain mercredi 18 novembre pose toutes sortes de problèmes. D'après le journal, le corps du docteur n'a été retrouvé que le matin suivant sa mort, et ce ni par un patient ni par son épouse, mais par une personne rousse aux yeux verts terriblement enceinte, domiciliée à L'Argentière-La Bessée dans les Hautes-Alpes, et dont on se demande bien ce qu'elle faisait là, mardi à 6 h 30. Puis on a eu un peu de mal à mettre la main sur Mme Sergent. Bien que résidant officiellement avec son mari dans un confortable appartement de la rue du Pot-de-Fer, elle passerait ses nuits dans un deux-pièces de la rue du Roi-de-Sicile appartenant à un certain Silverio Da Silva. Et ce dernier, psychanalyste mais pas psychiatre, ni même médecin ou ne serait-ce que psychologue diplômé d'État, bref simple analyste laïque titularisé par le bon vouloir de ses pairs, n'a pas nié être l'amant de la veuve. Il ne s'est pas démonté lorsque les enquêteurs lui ont demandé, sur leur ton de petits fonctionnaires, si ça ne le dérangeait pas d'emprunter la femme des autres, a tenté de faire valoir que l'humain est irréductible aux lois de la société civile, ou plutôt qu'il lui arrive de jouir de leur transgression. Mais bien sûr, ont rétorqué les fonctionnaires en le bouclant pour la nuit. « Cœur : vous faites de moins en moins attention à votre look. Réussite : évitez les décisions qui pourraient engager votre avenir. Forme : allergies. »

Viviane finit sa tasse au zinc de la rue Louis-Blanc où elle commence à prendre ses habitudes. Elle y boit des cafés en attendant d'aller chercher sa fille. Il paraît que les autres mères sont débordées, ravies d'échanger leurs enfants contre une ou deux heures de liberté, et Viviane pense pour quoi faire, il n'y a pas assez de démarches administratives pour occuper toute une vie, pas assez de ressources créatives chez aucun coiffeur pour justifier de s'y rendre plus d'une fois par semaine. Elle ferme le journal et se retrouve sur le carrefour, au pied des voies de la gare de l'Est qui, en direction du nord, passent sous le pont du métro. Ainsi, toutes les rues du quartier semblent disposées en éventail, maintenues ensemble au niveau du rond-point qui matérialise l'intersection des rues Cail et Louis-Blanc, et réunies à l'autre extrémité par le ruban métallique du métro aérien, au-dessus du boulevard de La Chapelle.

Elle prend à droite, sous le ciel assombri par une profusion de branchages dénudés, où s'enchaînent les épiceries exotiques, les cash transferts, les bazars, les bouchers, les boutiques de téléphonie. Des groupes de Sri Lankais sans Sri Lankaises parlementent à chaque pas de porte. Ils pourraient n'avoir rien de mieux à faire que commenter le passage de cette grande femme pâle à leurs yeux exotique, et pourtant ne lui prêtent aucune attention lorsqu'elle se faufile entre eux, vérifiant en coin si elle attire leur regard et constatant que non, qu'elle demeure invisible aux Sri Lankais comme aux autres, psychanalyste, police, et tout ce qui s'ensuit.

Vous allez faire quelques pas pour rien. C'est le privilège de votre situation. Vous êtes entièrement libre et dieu sait que ça ne va pas durer, toutes les mères le disent, que vingt ans au moins d'esclavage vous attendent.

Dans la vitrine des bazars, il y a des pantoufles, des chaussettes, des théières, des cafetières, des pelotes de laine, des chemises, des pyjamas, des DVD de comédies musicales, des valises à roulettes, beaucoup de valises à roulettes. Vous n'avez que faire de ces bagages. Où pourriez-vous bien aller, vos trajectoires sont intégralement desservies par la Régie autonome des transports parisiens. Des pantoufles, en revanche, vous pourriez avoir l'usage. Berçant votre fille au fond du rocking-chair, ces jolis chaussons fourrés rouge sang habilleraient votre nudité. Ou berçant votre solitude au fond d'une cellule, ils vous rappelleraient les très riches heures que vous êtes en train de vivre, ces derniers instants avant que les fonctionnaires reprennent leurs esprits et vous jettent au trou. Vous entrez dans un bazar.

Les allées ont été agencées par catégories d'objets, du décoratif à l'utilitaire. À l'entrée se trouvent des petites sirènes mauve et bleu alanguies sur des rochers verdâtres. Près de la caisse, ce sont des bassines en plastique coloré multi-usages, et entre les deux s'étend toute la gamme des ustensiles de cuisine, des produits de toilette, des jouets pour enfants et des gadgets pour leurs mères – nécessaires à couture, éponges, plumeaux, balais. Vous attrapez une sirène qui regarde dans votre direction. Vous la manipulez entre le pouce et l'index, pensant, comme tout le monde, comment peut-on acheter un truc pareil, qui peut trouver ça joli alors que c'est tellement laid. Vous reposez la sirène.

Elle continue de vous examiner sur son étagère. D'un air un peu flou parce que ses yeux ont été sculptés à la hâte par quelque ouvrier du sud-est asiatique, et celui-ci n'a pas beaucoup travaillé l'intensité ni la précision du regard, il s'est contenté d'y mettre des yeux, mais enfin ces yeux s'orientent vers vous. Vous reprenez la sirène. Posant sur son rocher, elle vous rappelle vaguement quelqu'un. Un penseur sur son socle. Un perroquet sur son perchoir. Un psy dans son fauteuil.

C'est à peu près l'heure où vous auriez dû y être. Assise à deux mètres de lui, vous tritureriez vos doigts à la recherche de votre alliance absente, d'une association valable qui vous attirerait un petit satisfecit. Et l'autre serait à sa place, absorbé par le spectacle du mur derrière vous. Ses pognes reposeraient sur son estomac, il méditerait une recette de cuisine ou un problème de mots croisés en attendant que vous vous montriez à la hauteur de la discipline, que vous acceptiez de renoncer à vos manœuvres défensives pour devenir...

Devenir quoi, au juste.

Sujet. Un jour il avait dit sujet.

Vous avez répondu verbe, complément d'objet direct.

Il a dit vous l'évitez.

Quoi donc ?

Le sujet.

Sujet. Vous ne comprenez pas ce que cela signifie. Vous consultez la sirène, elle n'a rien à en dire et vous non plus. Vous aviez un mari, un travail, un enfant, des obligations qui s'amoncelaient du matin au soir. Les moindres instants de votre existence étaient réglés par la nécessité, et vous voyiez bien qu'il en allait de même pour vos semblables, des hôtesses d'accueil au président-directeur général des Bétons Biron, de votre mère à la nourrice. Vous ne pouviez imaginer ce qui clochait dans ces systèmes superbement huilés, vous étiez une femme tout à fait normale jusqu'à ce qu'on vous contraigne à devenir dieu sait quoi, et voici que le gérant du bazar interrompt votre tête-à-tête avec la sirène.

Il demande si vous allez la prendre (c'est cinq euros). Vous ignoriez qu'il était mal vu d'essayer avant d'acheter et le lui dites franco – c'est assez brusque –, mais vous repartez tout de même avec les chaussons que vous aviez remarqués dans la vitrine. Ce sont deux grosses boules de fourrure synthétique, comme une paire de hérissons très doux.

Au bout de la rue Louis-Blanc, les Sri Lankais cèdent la place à une population plus cosmopolite, proposant des cigarettes de contrebande ou plantée au milieu du boulevard avec des Caddie de marrons chauds, et vous songez qu'il y a loin de ces marrons-ci à ceux qu'on vous offrait devant les vitrines animées du boulevard Haussmann lorsque vous étiez encore une vraie bourgeoise, circulant du 5e au 16e arrondissement entre les appartements de votre mère et de vos grands-parents, dans la bienheureuse ignorance de cet est parisien où logent les classes sociales intermédiaires et sévissent les tueurs en série. Vous traversez le boulevard, hésitez entre le pont du chemin de fer à droite, qui vous ramènerait chez vous, et celui de la gare du Nord à gauche, qui vous entraînerait vers Barbès-Rochechouart. De là, vous iriez vers le 18e arrondissement, sa population subtropicale, ses échoppes regorgeant d'accessoires à bas prix, ou vers le 9e arrondissement au sud, son public élégant et ses boutiques dédiées aux catégories socioprofessionnelles avantagées. Tout cela suppose des choix. Une infinité de microdécisions dont chacune présente des implications supérieures. Vous n'êtes pas en mesure de faire des choix. Vous êtes l'esclave de la nécessité, c'est une position qui vous convient très bien, vous n'en avez jamais réclamé d'autre.

En face se présente un modeste square où l'on aère les enfants pauvres et les revendeurs de toxiques. Vous poussez la grille, prenez place sur un banc au soleil et, sortant les chaussons de leur sac, vous y glissez les mains. Elles s'y réchauffent tranquillement.

Dans votre fauteuil aussi, vous avez été bien au

chaud. C'était il y a trois ans, vous y aviez atterri par une espèce de hasard. Comme chaque matin, vous étiez sur le chemin du travail. Vous habitiez encore votre appartement de jeune fille, rue Pradier, au métro Pyrénées, cela supposait de prendre la 11 jusqu'à République puis de changer pour la 9 qui vous déposerait à Saint-Philippe-du-Roule. Vous n'étiez ni heureuse ni mécontente de vous rendre aux Bétons Biron, ne vous posant aucune question. Vous occupiez un excellent poste dans une grande société, chargée de la promotion interne, externe, brochures, partenariats, sponsoring, mécénat. Votre patron vous faisait entièrement confiance, vous aviez des relations dans tout le milieu du bâtiment, et vous en profitiez. Lors des cocktails ou des séminaires, vous ne craigniez pas de vous rapprocher de quelque ingénieur d'études. Cela se terminait dans une des chambres réservées pour l'événement et, le lendemain matin, à la réunion de 9 h, on arrivait tout échevelés, s'envoyant des clins d'œil à travers la salle. C'était stupide et pas de votre âge mais toujours plaisant d'agacer l'assistance, et puis cela réveillait l'attention de Jean-Paul Biron qui, depuis le temps, finissait par vous confondre avec le mobilier.

Donc vous veniez de descendre à République, quand le carrelage mural a mobilisé tout l'espace de votre regard. Soudain vous ne voyiez plus rien, sinon les rectangles horizontaux de faïence qui barraient l'horizon. Vous avez monté les marches qui conduisent les usagers de la 11 au niveau du couloir de correspondance principal où se croisent ceux de la 5, de la 8 et de la 9. Le flux des passagers guidait vos pas, vous avanciez sans voir, écoutant le rugissement de vos artères qui couvrait celui de la foule. Vous avez continué jusqu'à la croissanterie qui marque l'angle avec la 9, direction Pont de Sèvres. Un écœurant fumet de faux croissants s'en dégageait. Vous avez inspiré longuement l'arôme artificiel de viennoiserie pour essayer de refaire surface, et lorsque est venu votre tour, le jeune vendeur ridiculement habillé par la marque dont il débitait les croissants a dit oui madame, qu'est-ce que ce sera pour vous madame ? Les autres clients s'impatientaient. Ils perdaient du temps alors qu'ils étaient pressés de se rendre à leur travail, et c'est tout de même un monde de ne pas savoir ce qu'on veut dans une croissanterie à 9 h le matin, une dame derrière vous l'a laissé entendre très clairement. Vous l'avez regardée dans l'espoir d'un combat de femmes qui ranimerait votre instinct de survie mais vous ne l'avez pas vue, il n'y avait dans vos yeux que du carrelage.

Puis le vendeur a répété alors madame, un croissant, un petit pain au chocolat peut-être, vous êtes sûre que ça va madame, sinon je vais alerter le service de sécurité, ça ne sert à rien de semer ainsi la panique, il faut que les gens aillent travailler. Vous l'avez supplié de vos yeux aveugles. Vous auriez aimé prononcer une parole rassurante, affirmer que vous saviez parfaitement qui vous étiez, où vous alliez et ce que vous désiriez comme genre de viennoiserie, mais votre mâchoire ne fonctionnait plus. Vos lèvres s'ouvraient sur un mur de carrelage, et le jeune homme a dit bon, j'appelle du renfort.

Prise d'un mouvement de culpabilité, la dame derrière vous a conduite près du mur et vous a ordonné de respirer en attendant les secours, ça va passer, croyez-moi, je suis assistante sociale, ça passe toujours. Vous avez articulé merci et elle s'est retournée vers les spectateurs d'un air triomphal, soulignant qu'elle vous l'avait bien dit. Puis les pompiers sont arrivés. Ils ont posé leurs questions d'usage auxquelles vous avez répondu mollement, vous ont tapoté l'épaule en redisant ce qu'avait dit la dame, que c'était juste un petit coup de fatigue, qu'ils allaient vous conduire aux urgences par mesure de précaution et que vous seriez d'attaque pour aller travailler l'après-midi. Vous avez répondu la même chose que tous ceux qu'ils secourent en pareilles circonstances, non, pas les urgences, et ils ont insisté gentiment, car à quoi sert de faire tout ce cinéma si c'est pour ne pas y aller.

Les médecins vont vous remettre sur pied, croyez-nous, ont dit les pompiers qui disent toujours nous.

Ils vous ont soutenue jusqu'à la sortie puis promenée en camion vers l'hôpital où vous n'avez pas fait la fière. Vous aviez trente-neuf ans, un bon poste, aucune raison de vous plaindre, vous ne compreniez rien à ce moment de faiblesse qui semblait déjà loin derrière vous. Mais vous iriez consulter un spécialiste, puisqu'on était d'avis que cela vous serait utile. Et c'est ainsi que vous êtes arrivée chez le docteur.

Cette mention est spécifiée sur la plaque à l'entrée de l'immeuble. En dessous, le numéro de téléphone à huit chiffres débute par un quatre. On en déduit que le praticien est installé de longue date. Et comme il est écrit docteur, la patiente imagine être reçue par un professionnel de santé classique, autour d'un large bureau supportant un porte-plume, une lampe en opaline émeraude, un bloc d'ordonnances.

Après une dizaine de minutes passées dans la salle d'attente, le docteur la fait entrer. Il l'invite à s'asseoir dans un fauteuil à tubulures chromées, s'installe dans un autre, à bonne distance et légèrement décalé par rapport à l'axe naturel de leurs regards. Il ne dit rien. La patiente attend des questions qui ne viennent pas, envisage de raconter l'épisode qui l'a conduite ici puis se ravise. Le décor. Elle étudie le décor pour décider si elle peut se livrer à cet homme, cherchant des preuves de sa probité. Un objet familier, un livre qu'elle pourrait avoir lu, un petit quelque chose à quoi s'accrocher.

À côté d'elle se trouve une table surchargée de revues spécialisées, de brochures incitant à la prudence vis-à-vis de l'alcool et de drogues diverses. En face, une méridienne remplit vraisemblablement la fonction de divan. Le docteur a pris place à gauche de ce meuble, ses paupières lourdes s'orientent vers le store au-dessus du bureau. Un jour tiède filtre de la rue. C'est au début du printemps, dans cette période qui se différencie mal de l'automne. La lumière joue la demi-mesure et l'on ne saurait, sans calendrier, deviner si elle va s'accroissant ou déclinant. Entre eux s'étale un tapis aux motifs compliqués dans les tons rouge-orange.

Elle procède à un second tour d'inspection. Détaille les objets posés sur une étagère murale fixée au-dessus du divan, devant une rangée d'ouvrages qui ne lui fournissent aucun indice parce qu'ils sont en allemand et qu'elle a fait anglais première langue, elle se sent soudain obligée de le préciser, puis espagnol seconde langue, c'est plus utile professionnellement que l'allemand qui ne sert qu'aux philosophes et aux compositeurs. Quoique ceux-ci ne cessent de la fuir, c'est bien la preuve.

La preuve de quoi, dit le docteur.

Dès lors est révolu le premier cercle de ce qui va se reproduire inlassablement pendant trois ans. La patiente extrait un objet du décor et lui fait dire ce qu'il ne dit pas, dévoilant la frêle mécanique de son inconscience. Bien sûr, cela suppose l'adhésion à cette petite sorcellerie viennoise que pratique le docteur. Il en convient lui-même, qu'il faut y croire sinon cela ne marche pas mieux que le vaudou pour une congrégation de pentecôtistes, et dans les premiers temps la patiente ne sait pas si elle y croit mais elle veut bien se laisser convaincre.

Elle le veut bien parce qu'elle a repéré un truc, sur l'étagère, devant les livres en allemand, qui lui rappelle quelque chose de chez sa mère. C'est un objet en cuivre de provenance non identifiée. Muni d'une longue tige et d'un bec verseur, il semble devoir contenir un liquide – huile, thé, café. À la limite, il pourrait aussi s'agir d'une urne funéraire destinée à recueillir les cendres d'un petit animal. D'un chat, par exemple. La patiente possède une mère qui possède un chat. Mais elle ne voit vraiment pas ce qu'il y a d'intéressant dans cette histoire, déclare-t-elle en s'effondrant.

Et maintenant vous pleurez. Vous sanglotez sur votre banc du square du boulevard de La Chapelle où la scène se fige. Les enfants dans le bac à sable interrompent leurs mouvements de pelleteuse, instruments en plastique rouge ou bleu immobilisés dans l'air, les mères interrompent leurs commérages, et les individus qui palabrent sous les marronniers interrompent leurs obscures transactions. Tous se précipitent pour vous porter secours, mais vous leur faussez rapidement compagnie. Fuyant en direction des voies de la gare de l'Est, vous passez la poste, le pont du chemin de fer. Sur le boulevard, ce sont à nouveau des bazars et des épiceries, les trottoirs regorgent d'ignames, de patates douces, de bananes, puis il y a un kebab et un café, l'agence du Crédit lyonnais, et l'on se retrouve à Stalingrad.

Il est deux heures moins dix, Viviane va chercher sa fille.

6

Il y a cette enfant sur les bras dont on se demande comment elle est arrivée chez nous. La nourrice l'a rendue sans faire d'histoires, affectant de croire que c'était notre bien légitime. On l'emporte furtivement, rasant les murs jusqu'à l'immeuble de la rue Cail, au cas où elle se raviserait. Une fois en sécurité dans l'appartement du cinquième étage, on s'installe dans le rocking-chair et on observe l'enfant très longtemps, dans l'attente d'une réponse, d'une révélation.

Parfois elle nous regarde comme si elle nous connaissait depuis toujours, et nous pensons qu'elle nous prend pour une autre. Ou est-ce nous qui ne sommes pas celles que nous croyons – c'est une possibilité.

Nous ignorons d'où vient cet être qui en sait plus sur nous-mêmes que nous n'en soupçonnerons jamais, et semble pourtant tout attendre de nos soins. Il faut répondre à ses vocalises pour maintenir l'illusion de familiarité, et c'est elle qui nous guide, modèle notre conversation, insiste pour bâtir cette parenté qui résiste. Et c'est peut-être elle aussi, dans son dénuement et sa ténacité, qui obtiendra gain de cause. Ainsi nous finirons mère et fille par le seul effet de sa détermination.

Au milieu de la pièce désespérément vide, nous réfléchissons à ce que nous pourrions faire pour mériter tant d'amour. Il faudrait sans doute entreprendre des actions décoratives, consulter des catalogues de meubles, acquérir des bibelots, attiser notre instinct maternel à la lueur du foyer. Nous ne faisons rien, immobiles comme nous avons toujours été. L'enfant n'a jamais un pleur plus haut que l'autre, paraît incroyablement satisfaite de son sort, et ce formidable prodige nous effraie avant de nous réjouir, si bien que nous n'avons d'autre choix que suivre notre habitude, obéir aux lignes de la nécessité. Nourrir, s'apprêter, sortir, rentrer, dormir : c'est le corps seul qui avance lorsque nous sommes redevenues muettes.

Nous pensons que cela vient peut-être de son père, qui lui aurait légué le gène de l'équanimité. C'est une explication. Mais nous le connaissons bien : elle n'est pas plausible.

Le père de Valentine Hermant nous est connu

sous plusieurs aspects. Il y a celui sous lequel il est apparu la première fois, qu'il revêtait encore au début, lorsque le simple rappel de son nom donnait envie de jeter tous ses vêtements par la fenêtre pour courir vers lui. Il y a celui des derniers jours, lorsqu'il a prononcé les paroles définitives que l'on sait, et, entre ces deux points, une multitude d'intermédiaires évoluant au gré de facteurs internes et externes – la configuration de ses humeurs, le progrès puis le déclin de l'affection qu'il nous portait, de l'automne à l'automne en passant par toutes les colorations de l'année.

C'est à cette saison que nous l'avions rencontré. Il s'était produit, depuis que nous fréquentions le docteur, des événements inattendus. Nous avons plaisir à évoquer cette période déjà lointaine, et c'est une intrusion que ce téléphone qui maintenant vibre dans notre poche. L'appareil est décroché. C'est l'inspecteur Philippot, il demande de venir tout de suite au commissariat central du 5e arrondissement parce qu'on a encore des questions à vous poser.

7

La deuxième fois, ça n'a jamais le même goût que la première. On a beau se dire qu'on ne risque pas moins, que l'enjeu s'est même accru, on a pris ses habitudes, on sait comment ça fonctionne, la routine, les petites manies, les questions-réponses à qui sera le plus fort. C'est déjà presque ennuyeux.

Viviane presse l'enfant contre sa poitrine pendant tout le trajet jusqu'au commissariat. Le bébé a les yeux grands ouverts mais ne dit rien, parfaitement à l'aise dans son rôle d'amulette, de grigri contre le malin. Il enregistre les données du paysage (vent frais, tombée de la nuit, rame bondée, rideau de manteaux sombres formant un puits autour de soi), avant de reporter les yeux vers ses poings inexplicablement recouverts de moufles. Sa mère déchiffre les panneaux publicitaires – déstockage de matelas, cours du soir, anglais pour adultes, mathématiques pour classes de sixième à la terminale. Ma fille, se félicite-t-elle par avance, n'aura jamais besoin de cours de rattrapage. Elle tient de moi, il n'y a qu'à voir, elle ne pleure presque jamais.

Cette fois, on la fait monter au quatrième étage du commissariat, qui se révèle beaucoup plus spacieux que le troisième. Le couloir dessert moitié moins de bureaux, et l'on n'y croise plus de policiers en uniforme. À travers les vitres bleutées, Viviane distingue des hommes graves, lestés par une longue carrière de déjeuners trop riches.

Philippot l'attend sur le seuil et observe sans aménité le paquet maintenu en écharpe autour de son cou. Vous croyez vraiment que c'est un endroit pour une enfant ? s'énerve-t-il. Vous croyez vraiment que c'est un endroit pour moi ? dit Viviane qui rougit aussitôt. Pardon, je suis nerveuse en ce moment, c'est mon mari qui m'a quittée. L'inspecteur va répondre puis renonce, il s'efface pour la laisser entrer. Derrière le bureau, un gros homme chauve dans le genre d'un maire des Hauts-de-Seine se cure distraitement les prémolaires.

Alors, dit le gros, comment ça va, ma petite madame Hermant ? Je suis le commissaire Bertrand. Non, ne prenez pas cet air effrayé, c'est juste commissaire, pas commissaire divisionnaire. Lui, ce sera pour après. Peut-être. Enfin je ne vous le souhaite pas, hein madame Hermant. Mais naturellement ça dépend de vous.

Je ne suis pas du tout effrayée, dit Viviane qui plonge comme le premier venu, c'est le métier qui veut ça, les gens répondent sans réfléchir alors qu'ils étaient arrivés dans l'idée de ne rien lâcher, ni de leurs fautes ni des remous de leur conscience.

Mais bien sûr, vous n'avez rien à vous reprocher, répond le commissaire sur un ton qui signifie celle-là, on me l'a déjà faite huit cents fois. Nous avons appelé votre mère.

Oui ?

Ce n'est pas la bonne tactique, madame Hermant, de jouer les imbéciles avec moi. Mais c'est à vous de voir, c'est vous qui payerez les pots cassés.

Vous avez appelé ma mère, reprend Viviane droit dans les yeux du commissaire.

Oui, madame Hermant, nous avons appelé votre mère. Et elle est morte, votre mère. Elle est morte le 16 février 2002, cela fait plus de huit ans qu'elle est morte, donc je vois mal comment elle aurait pu nous confirmer que vous n'avez pas tué le docteur Jacques Sergent le 16 novembre 2010. Certes, je pourrais imaginer, vu que vous passiez votre vie chez ce médecin, que vous êtes complètement cinglée. Mais nous avons aussi appelé votre employeur, monsieur Jean-Paul Biron, et votre mari, monsieur Julien Hermant. Ils nous ont décrit une professionnelle et une épouse irréprochables, en conséquence de quoi je ne saurais trop vous engager, madame Hermant, à nous fournir quelques explications.

Mais puisque tout le monde vous dit que je suis irréprochable, raille l'accusée. Oui, ma mère est morte le 16 février 2002, je crois bien que c'était la date, j'ai plutôt la mémoire des dates.

Votre mère, reprend le commissaire en se massant la tempe, possédait un appartement place Saint-Médard, dans le 5e arrondissement, près du métro Censier-Daubenton.

Pardon, elle le possède toujours. Je paie les charges, la taxe foncière, j'y vais une fois par mois pour faire la poussière et les vitres, je n'ai pas résilié la ligne de téléphone.

Donc c'est vous qui possédez cet appartement.

Oui, c'est moi, c'est elle, finassez si vous voulez. Bref, nous possédons cet appartement. Où voulez-vous en venir, monsieur le commissaire ?

Vous jouez avec des allumettes.

Que voulez-vous que je vous dise ? Je n'ai pas pu me résoudre à vendre, ni à chercher des locataires. J'attendais le moment, c'est à cela que je travaillais avec le docteur. Mon mari comprenait très bien.

Ce n'est pas ce qu'il nous a dit.

Et que vous a-t-il raconté ?

Il a dit que si vous aviez vendu cet appartement,

qui vaut dans les dix mille euros le mètre carré, vous auriez eu près d'un million dans votre tirelire. Il a ajouté que ça vous aurait évité de louer ce trois-pièces de la rue Louis-Braille, mais il a précisé qu'il n'était pas sensible à la fortune, qu'il pensait à votre confort à tous. Pour le docteur, on écarte donc le mobile de l'argent.

Viviane observe attentivement les traits du commissaire, les paupières lourdes, la bouche lippue, le menton double et les plis de concentration qui architecturent l'ensemble. Elle juge qu'il n'y croit pas.

Je n'ai pas tué le docteur, soupire-t-elle. Je ne vais tout de même pas l'inventer. J'étais chez moi avec ma fille, je n'ai pas tué le commissaire.

Vous voulez dire le docteur.

Je veux dire le docteur.

Pourquoi avez-vous suggéré d'appeler votre mère ?

Je ne sais pas, c'est venu tout seul. C'est ce que le docteur m'avait appris, à parler sans réfléchir.

On n'est pas chez le docteur, madame Hermant. Écoutez, je veux bien comprendre que c'est un peu difficile pour vous en ce moment, avec le divorce, tout ça. Mais ça ne va pas, cette histoire de raconter n'importe quoi aux enquêteurs, de garder un appartement qui vaut dans les un million sans réaliser la moindre plus-value. Il faut vous ressaisir ou il va vous arriver des bricoles. Allez, foutez-moi le camp.

Ce n'est pas ce qui était attendu. C'est trop facile, cela sent le piège et l'humiliation. Le regard de Viviane glisse du commissaire à l'inspecteur. Il se tient dans un angle depuis le début de l'entretien, longue silhouette fluide élégamment appuyée contre la vitre. Elle note sans y penser le contour de son vêtement, détaille à nouveau le commissaire qui s'impatiente, saisit le cure-dent sur le buvard où il l'avait abandonné tout à l'heure. Puis, comme il n'y a plus rien à dire, elle rassemble ses affaires, quitte la pièce en murmurant une parole inaudible et avance dans le couloir.

Sur le bord d'une chaise en plastique, une personne rousse très enceinte joue nerveusement avec ses ongles. Viviane la reconnaît aussitôt pour avoir longuement examiné son portrait dans le journal du matin. Mais la jeune femme ne s'arrête pas sur Viviane. Elle cherche quelqu'un des yeux et, lorsqu'elle aperçoit l'inspecteur qui est sorti dans le couloir, elle l'a trouvé. Elle est revenue de son propre chef, oui, elle voudrait reparler aux policiers, faire progresser l'enquête, elle s'est souvenue de plusieurs éléments qui pourraient les intéresser. Après que Philippot l'a fait entrer, Viviane se retrouve seule avec sa fille qui ne dit toujours rien, mais dont le regard se charge de lourds reproches.

8

Ensuite je ne sais pas pourquoi je fais ce que je fais, mais je le fais. Qu'on n'aille pas croire que je pense que c'est une bonne idée ou que j'en suis fière, c'est juste que cela s'impose : mes pieds avancent et je les suis.

Je sors du commissariat. La nuit encapsule le boulevard Saint-Germain, les passants se hâtent vers la bouche de métro. Il est facile d'interpréter leurs trajectoires. Je pourrais être n'importe lequel d'entre eux, sortie de mon travail, passée à la crèche, j'irais au Monoprix avant de sauter dans un bus où l'on me céderait sa place. J'arriverais chez moi, ferais chauffer le biberon pendant que mon mari donnerait son bain au bébé, puis nous mangerions quelque chose de décongelé devant la télévision et nous irions nous coucher sans faire l'amour, sauf si c'est le soir où nous faisons l'amour, auquel cas nous dormirions mieux, avant de recommencer, à l'abri de tout soupçon, le cycle des jours, des semaines, des années.

J'ai les apparences pour moi. Pourvue de cet alibi, je remonte vers la rue des Écoles où je sais que je trouverai un hôtel. De fait, j'en trouve plusieurs. Ils s'alignent côté impair, parallèles à la Seine, mais je doute qu'on aperçoive, derrière leurs rideaux pastel d'établissements de semi-luxe, le fleuve et ses attraits touristiques, Notre-Dame et la Conciergerie, le quai des Orfèvres et le Palais de Justice. Mon plan est arrêté, j'ai besoin d'une chambre pour plusieurs heures, je cherche quelque chose de pas trop cher car j'ignore s'il faudra pourvoir à de nouvelles dépenses et je préfère me montrer économe.

Or ces hôtels affichent tout de même trois ou quatre étoiles. On n'indique pas les prix à la porte et je n'ose entrer pour demander combien, je n'aime pas avoir l'air de manquer. Finalement, je m'arrête devant le Moderne Saint-Germain où bavarde un couple nord-américain très côte est. Ils iront au Louvre plutôt que sur les bateaux-mouche, négligeront le Moulin-Rouge au profit du musée d'Orsay – je n'ai pas besoin de les connaître pour tout savoir de leur itinéraire car j'agirais de même à leur place. Lorsque j'étais jeune fille, j'aimais beaucoup découvrir de nouveaux endroits sans m'écarter des sites recommandés par les guides de voyage. Je leur souris et jette un œil à l'intérieur. Un garçon d'allure discrète tient la réception, c'est exactement ce qu'il me faut. Mais d'abord la pharmacie.

Il s'en trouve une à trois cents mètres, où tout en faisant la queue j'examine les produits relaxants présentés derrière le comptoir. Ce sont pour la plupart des antihistaminiques, des gélules de phytothérapie, qui ne suffiraient pas à endormir un cheval, mais une enfant de six kilos, certainement. Quand arrive mon tour, je commande quatre boîtes différentes et, par mesure de précaution, je sors aussi l'ordonnance du docteur afin qu'on me délivre les tranquillisants, seulement les tranquillisants. La jeune stagiaire en pharmacie m'observe avec inquiétude mais je ne me laisse pas démonter. Je suis la cliente, elle n'est pas de la police, je soutiens son regard jusqu'à ce qu'elle se dépêche d'aller chercher mes pilules, puis je me dirige vers le Moderne Saint-Germain où je retiens une chambre simple. C'est soixante-dix-sept euros.

Le réceptionniste aimerait également que je lui prodigue des explications. Il ne les demande pas mais je devine à ses regards obliques qu'il serait bon d'inventer une histoire pour justifier de débarquer avec une enfant de trois mois en guise de seul bagage. Donc j'invente que j'habite Nevers et que ma voiture est tombée en panne, je ne pourrai la récupérer avant demain matin, et je précise qu'elle se trouve chez le concessionnaire Mercedes à l'angle parce que les grosses voitures inspirent toujours confiance. Il se détend visiblement, me présente la clé de la chambre en me souhaitant une bonne nuit et de bien me remettre de mes émotions. Je dis merci.

La chambre contient un mobilier sommaire, des tentures dans les tons vert et rose. J'extrais le tiroir d'une commode et en tapisse le fond avec les serviettes de toilette pour y installer le bébé qui ne dort toujours pas, qui ne pleure toujours pas, qui me regarde avec l'air de dire ma vieille, qu'est-ce que tu as encore imaginé. Parfois il me semble que c'est elle la mère et moi l'enfant, et je réfléchis que dans ces conditions, il ne sert à rien de lui administrer les produits de la pharmacie : elle ne me trahira pas. Comme pour m'en assurer, elle ferme les yeux et s'endort.

Je quitte le Moderne Saint-Germain pendant que le réceptionniste fouille dans ses prospectus pour renseigner les Américains, redescends vers la place Maubert où je m'installe dans un café, à deux pas du commissariat. Dans *Le Parisien* de ce matin, j'observe la photographie de la jeune rousse qui, tout à l'heure, est venue communiquer de nouvelles informations aux enquêteurs : je veux être sûre de la reconnaître lorsqu'elle surgira de la rue des Carmes. Puis je rentre en moi-même et explore le souvenir de son visage entraperçu dans le couloir du commissariat, rassemblant tous les éléments dont je dispose afin de ne pas rater l'instant.

Il se produit peu après 21 h. Sur l'autre rive du boulevard, une masse compacte progresse en sens inverse de la circulation, entre les armatures métalliques dressées pour le marché du lendemain. Alourdi par la charge de son ventre, son pas l'est encore des impressions diverses qui se croisent et s'entravent dans son corps. Elle avance par à-coups, se ravise, s'arrête sous un abribus afin d'étudier les plans de lignes et repart vers l'ouest. Je sors du café, contourne la fontaine en gardant un œil sur ma proie qui se déplace lentement dans un angle de mon champ visuel, et lui emboîte le pas sans précautions exagérées. Il tombe une pluie de novembre aigrelette et glacée qui infiltre la couture des chaussures, remonte aux genoux et rendra inutile toute tentative ultérieure de réchauffement.

Arrivée au pont Saint-Michel, la jeune femme envisage de nouveau les transports en commun dont un choix beaucoup plus vaste s'offre ici à elle – métro, bus, RER –, décide de marcher encore, et nous avançons maintenant sur le pont. Je n'aime pas les ponts. Je n'aime pas ce vers quoi nous avançons, le quai des Orfèvres et les fourgons de gendarmerie garés en épi devant nous, phares éteints, qui me contemplent de leurs yeux morts. Nous longeons le siège de la police judiciaire, les grilles acérées du Palais de Justice, le flanc de la Conciergerie, traversant l'île de la Cité pour nous retrouver sur le pont au Change où je respire mieux, ce doit être l'afflux d'air, et je me retiens pour ne pas dépasser celle qui chemine toujours tranquillement devant moi car j'aimerais soudain courir, réchappée des murailles de l'île de la Cité.

La jeune femme n'est pas si pressée. Elle se dirige vers la rue de Rivoli, rôde un moment devant la boutique illuminée d'un chausseur, puis remonte le boulevard Sébastopol et prend à droite à la hauteur du Centre Pompidou. Je crois mon plan tombé à l'eau lorsqu'elle s'approche d'un digicode, mais elle rebrousse chemin vers une brasserie. Devinant son intention avant qu'elle pénètre dans l'établissement, je déboîte rapidement sur la gauche, entre juste avant elle et m'autorise un tour d'horizon.

Les clients solitaires s'alignent sur la banquette, face à la télévision qui diffuse en sourdine un match de football. La plupart des tables sont occupées mais j'en avise deux libres, côte à côte près du bar, et m'installe à l'une d'elles sans un regard pour la personne qui vient d'entrer à ma suite, choisissant la plus proche du chauffage. La carte en trois volets plastifiés propose des viandes avec frites ou légumes. Je prendrai la bavette, dis-je au garçon venu noter ma commande et, levant à cette occasion les yeux de mon menu, je fais mine de remarquer le ventre rebondi de la jeune femme qui s'est placée à ma gauche. Je suis confuse – voudrait-elle plutôt s'asseoir près du radiateur ?

Mais non, elle a chaud, tellement chaud, elle ne veut surtout pas la place près du radiateur. Elle me remercie néanmoins, se déclare touchée par cette attention, car vous n'imaginez pas comme les gens jouent les aveugles dans l'autobus, ignorent délibérément le ventre énorme qui plane au-dessus de leurs grilles de mots fléchés pour sauvegarder leur strapontin. J'imagine très bien, dis-je ravie parce qu'Angèle – c'est son prénom, elle ne fait pas de manières pour s'introduire – a très envie de discuter.

On croit que les victimes de faits divers demeurent stupéfiées, honteuses. En vérité, elles ne demandent qu'à parler. Elles exigent des témoins pour corroborer ce qu'elles ont vu, reconnaître le préjudice subi. La jeune femme tend vers moi son visage de rousse au teint lacté, ses grands yeux emplis de candeur provinciale. Angèle veut s'épancher, n'importe qui ferait l'affaire. Je suis une ombre, un réceptacle, je dis enchantée, je suis Élisabeth.

9

Vous êtes la victime collatérale d'un fait divers et vous n'en revenez pas. En ce qui vous concerne, le monde s'est écroulé mardi matin lorsque vous avez découvert le corps inanimé du docteur, au milieu de son cabinet dont vous aviez la clé. Depuis, vous arpentez un champ de ruines dans l'attente d'un phénomène également surnaturel qui redresserait l'ensemble.

Vous avez vingt-six ans. Née dans le département des Hautes-Alpes, vous y êtes toujours domiciliée, chez vos parents, mais habitez Paris depuis le baccalauréat. Vous déménagez de chambre en chambre au gré des années universitaires, payant le loyer avec votre bourse (vos origines sont modestes et vous êtes issue d'une famille nombreuse), ainsi qu'avec le salaire procuré par de petits emplois saisonniers. Vous êtes maintenant doctorante. Avant qu'il meure brutalement, vous étiez aussi très proche de votre directeur de thèse.

Comment ça ? demande Élisabeth qui souhaite éclaircir le tableau.

Vous ne faites aucune difficulté pour répondre. Vous souhaitez que l'auditoire se peigne fidèlement la situation afin, peut-être, de vous guider vers un angle dont vous n'auriez pas conscience, et d'où l'image se recomposerait sous l'effet d'une anamorphose.

Il y a cinq ans, vous avez entrepris de séduire un professeur qui vous émouvait par ses airs surannés. Vous avez toujours eu des goûts bizarres. Vos semblables lui préféraient des spécimens plus évidents, les vedettes de l'université qui jouaient nonchalamment de leur stature, brillaient par leur pensée et ces élancements dramatiques des avant-bras lorsqu'ils agitaient dans l'air les branches de leurs lunettes. Seule à miser sur le professeur Sergent, vous n'écoutiez pas un mot des cours qu'il débitait avec peine, trop occupée à l'admirer par-dessous vos yeux mi-clos. Et votre imagination se révélait si fertile à son égard qu'il fallait bientôt mettre un terme à vos rêveries : dans le silence de l'amphithéâtre, vous craigniez de laisser échapper un soupir trop éloquent.

Pendant des mois, vous avez fait le pied de grue en bas de l'estrade, posant des questions insignifiantes, insistant, laissant des blancs de plus en plus blancs jusqu'à ce qu'il suggère de poursuivre au café. La conversation s'y alimenta principalement de raclements de gorge et de battements de cils. Puis ce fut toute une affaire d'obtenir une invitation au restaurant, et l'on mettrait encore des mois à se donner rendez-vous dans le cabinet du docteur, après les heures de consultation.

Délaissé par son épouse, Jacques avait une bien maigre expérience de l'amour. Vous vous rappelez avec tendresse ses doigts potelés furetant dans vos échancrures, osant à peine s'aventurer. Non, le docteur n'était pas très à l'aise avec les femmes, tout juste avait-il connu quelques patientes en fin de cure, lorsque l'ennui devenait tel qu'on en venait à se jeter l'un sur l'autre, histoire de faire quelque chose. Il avait observé que cette technique accélérait sensiblement la résolution du transfert. Après trois semaines, on se voyait de moins en moins, et plus du tout au bout de deux mois. Mais si vous formuliez quelque objection, armée des convictions de votre âge et des principes qu'on vous enseignait à la faculté, il ironisait sur le fanatisme de la jeunesse pour battre en brèche votre défense. Et vous, qui vous effeuilliez sur le divan pour éviter une approche moins directe du sujet, en aviez conçu une certaine déception. De la déception puis cet enfant, que vous pointez maintenant du doigt dans le ventre coincé par la table où l'on vient de vous servir des francforts-frites, tandis que votre voisine, devant sa bavette-ratatouille refroidie, vous contemple avec la stupeur de celle qui n'a jamais vu de victime de fait divers.

Vous êtes lancée, vous ne lui épargnez rien. Vous racontez comment le docteur a pris la nouvelle (sur ses grands chevaux, avec l'air de n'y avoir pas touché), comment il s'est gaussé de la jeune Angèle Trognon (c'est votre nom à vous), déclarant tout net qu'il ne lâcherait pas son épouse pour une étudiante.

C'est une fille ? interroge soudain Élisabeth.

C'est une fille, atteste Angèle. Comment savez-vous que c'est une fille ?

Une idée comme ça.

Vous observez votre voisine qui n'a toujours pas touché à son plat. Vous pourriez, à votre tour, vous intéresser à elle, demander si elle a des enfants, vous enquérir de sa situation. Vous n'en avez rien à foutre. Et puisque vous avez terminé le récit de vos mésaventures, vous plongez dans le souvenir du temps présent, où l'on ne vous laisse pas le loisir de vous lamenter. Les forces de l'ordre vous harcèlent sur vos intentions, des questions d'argent et d'héritage. Il faut montrer des relevés bancaires, justifier ses dépenses – vous n'imaginez pas, dites-vous à Élisabeth, les questions qu'on peut vous poser après un crime.

Bien, répond celle-ci en triant à la pointe du couteau les aubergines de sa ratatouille, je pense que je vais vous laisser.

Vous avez lassé votre auditoire. Le voici qui se drape dans son manteau gris, abandonnant un billet sur la table sans se soucier de sa monnaie ni de vous dire au revoir. Le manteau remonte la salle, balayant les tables, entraînant à sa suite des fourchettes en équilibre précaire, des corbeilles de pain, et sort du café, aimanté par sa mystérieuse destination. Vous ne saurez rien d'autre sur votre interlocutrice. Son visage s'amenuise déjà dans votre mémoire et vous avez oublié jusqu'à son nom.

Interlocutrice qui, Viviane, redescend le boulevard Sébastopol en direction du Châtelet où se trouve une station de taxis, dont une Mercedes immatriculée dans le 93 qui la conduit en huit minutes rue des Écoles. Sans prendre la peine d'inventer des explications au bénéfice du jeune réceptionniste, elle monte dans la 17 où il est 23 h 09. Cela fait exactement cent vingt minutes qu'elle a quitté les lieux, le bébé se réveille à peine, elle l'emporte dans le taxi qui stationne toujours en bas.

10

Le Parisien du lendemain annonce que la veuve se trouve en garde à vue. Sa photo illustre l'article, elle la montre à l'entrée du commissariat, escortée par deux policiers en uniforme. Il s'agit d'une femme de cinquante ans, mince, élégante – le docteur devait bien gagner sa vie. Je m'essaie à deviner son caractère mais c'est un cliché pris furtivement, imprimé sur du mauvais papier journal. Il ne révèle rien sinon que la femme préférerait sans doute être ailleurs, dégustant une pâtisserie dans un salon de thé ou visitant des expositions avec ses amies pendant que leurs époux travaillent dans leurs bureaux cossus. L'article explique simplement que la police la soupçonne parce qu'elle menait une double vie, rue du Roi-de-Sicile, avec ce Silverio Da Silva, l'homme qu'ils ont arrêté l'autre jour et relâché.

Puis le surlendemain, c'est un nouveau revirement de situation. Dans cette même affaire, on interroge désormais un certain Tony Boujon, vingt-trois ans, ouvrier dans l'imprimerie. C'est un patient du docteur – un patient avec un casier. Peu avant l'été, il s'est muni d'une arme blanche pour agresser une jeune fille à la sortie du lycée Paul-Valéry. Les enquêteurs ont fouillé la chambre qu'il occupe encore chez ses parents, rue Montgallet, dans le 12e arrondissement, et il ressort de cette inspection que le jeune homme possède une jolie collection de couteaux.

En somme, la veuve est libre, et je prends aussitôt mon poste rue du Roi-de-Sicile. Je n'ai eu aucun mal à me procurer l'adresse. Propulsés sur le devant de la scène, les héros de faits divers n'ont pas eu le temps de se mettre sur liste rouge : ils figurent tous dans l'annuaire. Sur Internet, il est aussi très facile de visualiser l'emplacement de leur pâté de maisons, de le survoler, et même de se faire une idée de la façade. Enfin j'ai localisé un porche à proximité où monter la garde.

Cette fois, je n'ai pas fait de manières pour endormir la petite, qui s'est insurgée lorsque j'ai voulu vaquer à mes occupations. Je lui ai administré ces produits qu'on dit nuisibles en dessous de six ans, mais je les connais, ces tisanes, elles n'endorment que les morts : tout juste induiront-elles une vague somnolence. Puis j'ai quitté l'appartement en poussant à fond les radiateurs, j'aime que ma fille ait bien chaud.

Le froid s'immisce entre mes oreilles. Parfois je dois m'écarter pour laisser passer un habitant du lieu, et j'utilise mon téléphone portable afin de me donner une contenance. Je fais semblant de taper un message important mais c'est comme d'habitude, personne ne me remarque. Je suis une chose sur leur passage, un obstacle à éviter, et j'ignore combien de temps il me faudra rester ainsi dans la position du guetteur.

Des flocons épais commencent à tomber. Ils résistent à l'asphalte, tapissent bientôt tous les angles du paysage, rebords, branches, corniches, pots de fleurs, essuie-glaces à l'arrêt, poubelles de tri sélectif, poubelles en plastique vert transparent vigipirates, cartons d'emballage, encombrants variés. Je note mentalement les lieux infiltrés par la neige, cela passe le temps et fait oublier le froid. Je ne suis pas chaussée pour ce climat, je n'ai pas pris mes gants ni consulté le bulletin météorologique. J'ai tant à penser ces jours-ci.

Dansant d'un pied sur l'autre, j'hésite à poursuivre le guet. La veuve, sans doute, s'abstiendra de sortir aujourd'hui. Je m'imagine à sa place. Éprouvée par les événements, je me tiendrais loin des fenêtres, rencognée dans un fauteuil pour ronger ma culpabilité jusqu'à la moelle, et ne vivrais plus que par la force du ressentiment. Je n'aurais aucun souci de ma personne, porterais des vêtements usés jusqu'à la corde, renoncerais à l'épilation des sourcils et il m'en pousserait un troisième au-dessus du nez.

Vers le milieu de l'après-midi, cependant, elle se risque dehors. Je comprends tout de suite que c'est le genre de femme que je n'aime pas. Altière dans ses fourrures et ses torsades blondes, on dirait une Russe blanche. Ses talons pianotent légèrement sur le trottoir, elle file à travers la neige avec ravissement. Traînant derrière elle mon pas engourdi par l'attente, je la suis dans la rue de Turenne où il me faut lutter pour ne pas perdre du terrain. Les flocons tombent de plus en plus fort, brouillant les contours, et je bouscule les passants, je me tords les chevilles dans les roues des poussettes. Pourtant je ne suis pas mauvaise marcheuse mais la femme du docteur paraît soufflée par le vent, et moi empêtrée dans ses torsions contradictoires.

Elle pénètre dans un café à l'angle Turenne-Bretagne, cherchant des yeux un homme qu'elle trouve au fond de la salle, dos au miroir. Je m'assieds deux tables plus loin et concentre mon attention sur les tessitures, celle de la femme débarrassée de son manteau, sanglée dans une courte robe noire, et celle de l'homme dont il est impossible de décider s'il est vraiment beau ou pas du tout.

La veuve est très agitée, elle a beaucoup de choses à raconter en même temps. Son vis-à-vis doit sans cesse l'interrompre pour se faire préciser quelque détail nécessaire à la compréhension de l'ensemble. Mais en vérité, la seule chose qui l'intéresse, c'est la fin de l'histoire. Il veut savoir où on en est avec les flics. N'importe qui voudrait savoir où on en est avec les flics, moi la première, et la femme du docteur s'ingénie à nous rendre fous.

Calme-toi, temporise-t-elle sans répondre à aucune de ses questions, tu ne me laisses pas parler, laisse-moi raconter ou bien tu n'as qu'à lire les journaux.

J'ai lu les journaux. C'est garde à vue sur garde à vue, d'abord Silverio et puis toi, et je me dis qu'on n'enferme pas les gens sans un début d'idée derrière la tête. Alors explique-moi ce qui se passe.

Mais tu vois bien qu'ils pêchent à la ligne, sourit-elle. Ils en essaient un, ils le rejettent à l'eau. Et ils ont de ces mots, je te jure, plus personne ne parle comme ça. Volage, passion, héritage – on est en pleine scène de la vie de province. À propos, tu savais qu'Angèle venait des Alpes ? Puis elle se tait pour s'intéresser au miroir, rectifier le structuré-destructuré de sa coiffure. C'est une aubaine, reprend-elle une fois qu'elle a terminé son examen, qu'il ait eu cette vieille maîtresse.

Elle a la moitié de ton âge, objecte l'autre.

Vieille – de longue date, balaie la veuve. Vieille – vieille école, poursuit-elle associativement. Ce pauvre Jacques. Coucher avec une étudiante. Mais qui couche encore avec ses étudiantes ?

Plein de monde, répond l'homme agacé. Moi, par exemple.

Bon, tranche-t-elle avec un accent définitif, il va falloir que tu me laisses. Tu embrasseras maman.

J'ai bien fait de venir, conclut-il avec l'air de penser l'inverse. Enfin j'ai l'habitude.

La veuve l'observe froidement pendant qu'il remet sa veste et disparaît sous la neige, et je songe qu'il existe en effet une certaine similitude entre eux. Même carnation pâle, même blondeur argentée, même suavité des traits, mais leur agencement est tout à fait différent : ils semblent exécuter chez elle un projet harmonieusement conçu, tandis qu'ils fuient chez lui vers autant de directions opposées, aboutissant à un enchevêtrement chaotique. Puis la veuve s'installe à la place laissée libre sur la banquette et attrape un journal de l'après-midi – de ceux qui font peu de cas des faits divers.

Il faut que je lui parle. Elle est là, sous mes yeux, comme si rien d'extraordinaire ne s'était produit ces derniers jours, la femme de l'homme à qui j'ai tout confié. Je me lève et avance vers elle, pleine d'humilité, disant pardon, excusez-moi de vous déranger, je suis une amie d'Angèle.

La veuve me jauge de ses yeux gris.

Oui ? fait-elle en insistant sur le i, hésitant à m'accorder une audience.

Je continue sans réfléchir : Je voudrais vous parler, je veux dire, Angèle m'a priée de vous parler.

Vous m'avez suivie ?

Un peu, dois-je avouer en rougissant, mais rassurez-vous, je n'ai rien entendu de votre conversation.

C'est égal, mon frère est un con. Ainsi, vous me suivez ?

Je vois bien qu'elle est obscurément flattée, donc je m'assieds. Mon nom est Élisabeth, dis-je en tendant la main.

Vous pouvez m'appeler Gabrielle, concède-t-elle sans avancer la sienne.

Alors je prends mon élan et saute à l'aveuglette : Voilà, Angèle a pensé qu'on pourrait s'arranger. Elle n'a rien à voir avec cette histoire – cette terrible histoire, ajouté-je prudemment –, et elle est persuadée que vous non plus. Votre mari lui a souvent parlé de vous, elle a une très haute opinion de votre personne. (Gabrielle caresse ses pommettes satinées d'un air rêveur.) Angèle, dis-je encore, n'a aucune envie de se lancer dans un procès. Elle sait qu'elle n'a droit à rien, mais elle est jeune et il faut élever cet enfant.

Vous ne pensez donc tous qu'au fric ? s'irrite-t-elle soudain.

Je ne sais pas, fais-je servilement. L'argent, l'amour – on prend l'un quand on n'a pas l'autre, vous ne croyez pas ?

La veuve médite cette considération comme si elle se demandait ce qui lui revenait, de l'argent et de l'amour, paraît trouver un arrangement flatteur pour elle-même car elle sourit de nouveau, de son sourire entraîné pour les photographes.

Et vous, qui êtes-vous ? me prend-elle au dépourvu.

Une amie. Une amie des Alpes, dis-je rapidement. Et là-bas, nous faisons moins de façons, précisé-je en espérant que cela excuse un peu ma conduite.

Ça se voit, que vous n'êtes pas d'ici.

Je ravale ma honte, mais en vérité je n'ai plus d'orgueil. Je suis le jouet des circonstances et j'ai décidé de ne pas résister, de prendre le sens du vent. Je m'entends répondre vous avez raison, je manque de manières, et nous avons souvent pensé, avec Angèle, que nous aimerions vous ressembler.

Moi, ce malheureux Jacques ne m'a pas du tout parlé d'Angèle, et encore moins de vous, s'amuse-t-elle. Bien sûr, je connaissais son existence, mais il n'allait pas non plus se vanter. Vous voulez que je vous raconte mon histoire ? ajoute-t-elle sous le coup d'une brusque inspiration.

Née Sherbatoff il y a cinquante-deux ans, Gabrielle avait entrepris médecine. Mais ce n'est pas à la faculté qu'elle avait rencontré son mari, c'est dans la salle d'attente du Maître qui mélangeait tous ses rendez-vous, si bien qu'on s'y retrouvait fréquemment à quatre ou cinq. Gabrielle oublia médecine parce que Jacques avait fini la sienne, ouvert un cabinet, et que les affaires prospéraient.

Ce dernier crut qu'elle s'emploierait, dans les moindres détails, à faciliter son quotidien dédié à la pratique et à la recherche. Dispensé des considérations ménagères, il aurait toute latitude pour éployer les grands axes de son œuvre, défricher les zones d'ombres de la psyché, et il aurait toujours un mot gentil, à la fin de ses interventions, pour remercier son épouse des soins qu'elle lui prodiguait avec un dévouement sans relâche.

Erreur. Gabrielle refuserait énergiquement de se couler dans un moule si peu enviable, et le docteur n'égalerait jamais le Maître : le sachant légaliste et opiniâtre, on s'en remettait à lui pour régler les problèmes de service, endosser les décisions impopulaires, mais jamais on ne s'inspirait de ses travaux pour organiser des symposiums ou coordonner un numéro spécial de revue. Il était cité par politesse dans les bibliographies.

Quant à Gabrielle, si elle allait prendre peu de soin de son intérieur, elle en prendrait beaucoup de sa personne, et notamment de son esprit. Une fois réglé le problème de son entretien matériel, elle courrait les séminaires, élargirait ses vues, et s'aventurerait même à publier deux ou trois articles très bien accueillis. Cela ne laissa pas d'irriter le docteur. Puis il considéra tout le parti qu'il pouvait tirer de cette affaire. Ayant renoncé à développer sa carrière par ses propres moyens, il convint avec elle d'un petit arrangement : il continuerait d'assurer sa subsistance, moyennant quoi Gabrielle s'engageait à rédiger quelques études dont il assumerait la paternité. Ainsi, leurs relations s'étiolèrent sans atteindre le point de rupture. On se retrouvait chaque dimanche rue du Pot-de-Fer pour discuter des projets en cours, régler les factures, avant de se quitter d'excellente humeur en début de soirée : Gabrielle retournait à Silverio Da Silva et Jacques à ses moutons.

Gabrielle qui maintenant se tait pendant que je cache sous la table mes mains tremblantes. Souriante, très fière d'elle. Alors j'attrape l'armature métallique au centre du plateau et l'étreins jusqu'à me brûler les paumes. Je pétris mes genoux, sens mes ongles à travers le tissu du pantalon, puis j'attaque la peau des cuisses et cela me procure un certain soulagement. Peu à peu mes membres se détendent, enfin je suis de nouveau calme : je remontre mes mains et sers le thé.

Quelle histoire, dis-je pour manifester mon détachement.

Elle vous plaît ? répond la veuve. Dans ce cas, vous n'avez qu'à tout raconter à la jeune Angèle. Ou je peux le faire moi-même, si vous me donnez son téléphone. Mais surtout, pour le fric, qu'elle n'espère rien.

Je n'ai pas pris mon portable, il y a les numéros dedans, dis-je en regardant Gabrielle, et je bois une gorgée pour me donner le temps de réfléchir car je me rappelle aussitôt que j'ai posé l'appareil sur la chaise libre à ma gauche. Lorsque je lève le nez de ma tasse, elle fixe alternativement le téléphone et ma figure pleine de mensonges. Mais je me redresse en chassant sa main qui tente de me retenir par la manche, je la repousse violemment tandis qu'elle se lève à son tour pour m'immobiliser de force et quitte l'établissement sans demander mon reste.

11

Viviane, pense à ta carrière. Tu sais que tu n'as plus vingt ans et que les jeunes filles sont en embuscade, prêtes à prendre ta place, à te tordre le cou. Peut-être qu'elles sont déjà installées dans ton grand bureau de la rue de Ponthieu, qu'elles ont laissé crever tes fougères, jeté tous tes stylos, remplacé les posters des maîtres florentins par des photos de fleurs, des droséras, des utriculaires, et bientôt tu n'existeras plus.

Tu sais aussi que tu ne mérites pas tes quatre mille cinq cents euros nets par mois. Tu plafonnes, tu n'as plus rien à donner aux Bétons Biron. Depuis des années ils t'entretiennent à ronronner dans ton bureau aux arêtes agglomérées – toute la gamme de faux meubles en camaïeu de gris qui veille à ton sommeil pendant que tu fais semblant de concevoir des présentations, de ponctuer des plaquettes, d'édifier des sites Internet.

Viviane, reprends ta place. Ce n'est pas à cet âge et pourvue d'une descendance que tu vas repartir à zéro, démarrer au bas de l'échelle et gravir les échelons de l'humiliation. De la place, il n'y en a pas pour tout le monde, or tu as la tienne et tu vas la défendre. Ta fille ne connaîtra pas sa mère au chômage, faisant le siège des organismes paritaires, comptant les sous jetés au fond d'un gobelet en plastique pendant que les voyageurs fronceront le nez sous les effluves que tu auras laissés derrière toi dans le wagon.

C'est Héloïse que tu as embauchée pour faire l'intérim pendant ton congé de maternité. Héloïse sort d'une grande école de communication, offre une excellente présentation et maîtrise l'orthographe. À peine as-tu relevé quelques participes passés malavisés ici ou là, pendant les deux semaines de passation de pouvoir au début de l'été, mais c'était un plaisir de les corriger avec de bruyantes manifestations d'indulgence. Vous ne vous étiez pas mal entendues. Vous aviez tout intérêt à le faire car Jean-Paul Biron vous observait du coin de l'œil, et tu l'observais en retour pour vérifier qu'il ne s'attardait pas trop sur le fuselage d'Héloïse, qu'une fois délivrée de cette enfant qui te pétrissait les hanches, tu recouvrerais sans mal ton rôle de favorite.

Nous sommes aujourd'hui le lundi 25 novembre, et il est grand temps de faire le point. Tu as revêtu un imperméable cintré, un chemisier qui forme à la gorge une vallée ombreuse et un pantalon noir un peu large. Face au miroir, il t'a semblé que l'ensemble soulignait assez bien ta prestance recouvrée, tes proportions rétablies. Oui Viviane, tu peux encore faire illusion place de l'Étoile et passer pour une poule de luxe auprès de touristes mal renseignés.

Tu franchis la porte à tambour des Bétons Biron d'un pas conquérant, soulevant une vague de liesse derrière le comptoir où se tiennent les hôtesses d'accueil. Les deux jeunes femmes nourrissent en effet certaines réserves vis-à-vis d'Héloïse, qui a le même âge qu'elles et de meilleurs diplômes, des prétentions et des attitudes qui donnent envie de la voir débarrasser le plancher. Tu dissimules ta joie sous un masque de sympathie. Mais qu'on se rassure : d'ici à trois semaines, tu auras repris les rênes, tu les tiendras fermement en main, et les ambitieuses n'auront qu'à rentrer dans le rang.

Or ce n'est pas l'avis de tout le monde, que la personnalité d'Héloïse nuit au bon fonctionnement de l'entreprise. Jean-Paul Biron, par exemple, qui te reçoit dans la salle de réunion du troisième parce qu'on est en train de repeindre son bureau, se félicite des contributions de la jeune femme à la stratégie managériale qu'il souhaite, pour l'année à venir, plus dynamique, plus entreprenante, plus ouverte à la diversité.

Et qu'est-ce que vous suggérez par là, mon cher Jean-Paul ?

Oh, rien de précis pour le moment, mais il m'avait semblé qu'avec vos nouvelles responsabilités...

Oui, Jean-Paul ? stridules-tu d'un air homicide.

Eh bien, on pourrait recruter cette jeune, euh, comment s'appelle-t-elle déjà, Héloïse, oui, pour vous décharger un peu ?

Me décharger de quoi, mon cher Jean-Paul ? De mes missions ? de ma carrière ? de l'existence ?

Bon bon bon, n'en parlons plus. Elle ira pointer au chômage comme tout le monde. Sinon, je pensais vous déménager au huitième pour vous rapprocher de moi. Qu'est-ce que vous en dites ?

Viviane, tu en dis quoi, tu en dis rien. De toute façon, ce seront toujours des passerelles et des souterrains, des ronds-points et des autoroutes, des pelleteuses et des excavateurs. Tiens, je vais vous montrer quelque chose, poursuit Jean-Paul en t'entraînant vers l'ascenseur.

On descend au premier sous-sol. Avant d'atteindre les locaux des services généraux, qui sont un beau nom pour les placards à balais, on bifurque vers une pièce nouvellement aménagée. Sur une table format billard se déploie un village miniature avec sa rue principale, sa place de l'église, son monument aux morts. Les détails ont été reproduits avec un souci particulier de réalisme, telles les baguettes cannelées dans la vitrine de la boulangerie, les géraniums aux fenêtres, les carafes du bistrotier.

Oui ? encourages-tu, mi-pateline, mi-inquisitrice, comme on fait pour circonvenir un patient chez qui l'on soupçonne un vaste trouble de la personnalité.

C'est Héloïse qui a réalisé ce projet, s'extasie Jean-Paul. Pour montrer qu'on ne fait pas que défigurer le paysage, qu'on rénove aussi le patrimoine. C'est pour valoriser notre politique de développement durable, vous voyez ?

Que les choses soient bien claires, tu ne vois pas du tout. En revanche, il te semble qu'on a eu beaucoup de temps sur les bras, alors que tu avais pris soin de laisser à Héloïse d'éminentes piles de dossiers pour l'occuper.

Enfin, temporise Jean-Paul, c'est surtout de l'affichage, n'est-ce pas. Parce qu'on ne va pas se mettre à remonter des villages pour des collectivités sans le sou. Les tours, ça reste quand même plus porteur. Mais c'est joli, vous ne trouvez pas ?

Magnifique, tranches-tu en reprenant le chemin de l'ascenseur.

Puis vous faites le tour des bureaux pour saluer

les collègues, recueillir les félicitations des mères, les sourires envieux ou compatissants des jeunes filles et l'indifférence polie des messieurs. On s'est cotisés, on te présente un gros paquet, emballé dans du papier à nourrissons stylisés. Tu t'exclames qu'est-ce que c'est que cette horreur intérieurement, ah c'est ravissant extérieurement. Une fois élucidé le mystère, tu comprends qu'il s'agit d'un porte-manteau, où les patères figurent les trompes des éléphants représentés sur le support de l'ensemble. Tu re-remercies, rembrasses tout le monde, et tu te précipites dans ton bureau.

Elle est sournoise, Héloïse. Elle t'accueille tout sourires et ronds de jambe, iris marine et boucles souples. Elle est contente de te voir, elle te le dit tout net. Tu n'en crois pas un mot. Tu observes que tes fougères sont toujours là, mais luxuriantes, épanouies. On se les est appropriées, on leur a prodigué des soins attentifs. Une mère ne reconnaîtrait pas ses propres fougères. Et c'est jusqu'à tes plus petits talents qu'on dévalorise ainsi, pour augmenter encore le sentiment de ta superfluité.

Héloïse, passons en revue mes dossiers, sommes-tu sans plus de détours. Mais bien sûr tout est en ordre : pas un courriel en souffrance, pas un coup de téléphone oublié. Montrez-moi mes plaquettes, réclames-tu ensuite. La jeune femme explique alors que celles-ci arrivent à peine de chez l'imprimeur, on n'a pas eu le temps de les ouvrir. Armée d'un coupe-papier, tu sabres la liasse sous blister, survoles fébrilement l'introduction où Jean-Paul expose les mérites comparés des bétons bitumineux, des bétons autoplaçants, des bétons fibrés, des bétons précontraints, des bétons cyclopéens, et à la vingt-deuxième ligne c'est la victoire, il manque un s à « spectres granulométrique ». Tu t'effondres sur une chaise, expirant de soulagement.

On pourrait déjeuner tous ensemble, mais tu préfères profiter un peu de ta liberté. À très bientôt, Jean-Paul, bonne chance pour vos recherches d'emploi, Héloïse. Ton paquet cadeau éventré sous le bras, tu te diriges vers les Champs-Élysées où tu t'intéresses brièvement aux décorations de Noël, avant de remarquer l'attroupement devant la boutique Vuitton. Du coup, tu t'approches aussi pour voir s'il y a du neuf dans la vitrine. Mais les objets sont frappés de leurs habituels cryptogrammes en forme de pharmacie, et c'est peut-être ça que les passants viennent vérifier, que les valeurs sont toujours sûres, que le mètre continue d'étalonner.

Dans la poche de ton imperméable, le téléphone se met à vibrer. Après un moment d'hésitation tu l'y repêches et, sur l'écran ramené au jour, tu lis le nom de Julien Hermant.

C'est moi, annonce-t-il inutilement.

Je vois bien que c'est toi, répliques-tu en jouant des coudes pour écarter la foule.

Comment vas-tu, Viviane ?

Ça ne va pas du tout, mais tu t'en doutes.

Julien s'éclaircit la gorge, dit j'ai parlé à la police.

Je sais, ils m'ont raconté.

J'ai dit que tu étais une personne formidable et que tu n'aurais jamais fait une chose pareille.

Évidemment que je n'aurais jamais fait une chose pareille.

J'ai insisté sur le fait que tu étais une très bonne mère, et très professionnelle. Que malgré nos différends, je te gardais toute ma confiance.

C'est bien, Julien, tu as dit ce qu'il fallait.

Maintenant je voudrais que tu reprennes le chat.

S'ensuit un petit silence. Puis tu réponds j'ai pris l'enfant, tu peux bien garder le chat.

Je ne veux pas du chat, dit Julien. Je veux ma fille, un week-end sur deux et pendant les vacances.

Tu ne vas pas recommencer avec cette histoire.

Il faut qu'on se voie, Viviane, il faut qu'on discute. C'est comme ça que font les gens.

Tu réfléchis. Tu dis bon, voyons-nous dimanche. J'irai chez ma mère pour faire un peu de ménage, tu n'auras qu'à me rejoindre là-bas.

Je préférerais ailleurs.

Je n'ai pas envie de discuter.

Alors c'est d'accord, répond Julien.

12

Tout en membres désarticulés, Tony Boujon me regarde de travers par-dessous sa frange trop longue. C'est un jeune homme dont on devine tout de suite l'histoire. De négligence parentale en mauvaises rencontres, les défauts naturels de l'enfance solidifiés sous la pression d'influences toxiques, il a développé le caractère d'une petite frappe et n'inspire aucune sympathie : au printemps, Tony a suivi une jeune fille pendant plusieurs semaines avant de l'aborder avec un couteau à la sortie de son établissement scolaire. Mais la victime s'était contentée de le fixer de ses yeux ronds jusqu'à ce qu'il se dégonfle, rangé le couteau, douchées les ardeurs, et la justice s'est bornée à trois mois de prison ferme, deux ans de sursis plus une obligation de soins.

Je l'ai interpellé en gare de l'Est à 8 h 31, à la

descente du train de grande banlieue qui le ramenait de son travail. Tony Boujon est ouvrier à l'imprimerie de labeur de Lagny-Thorigny, il commence à minuit et repart à l'aube. Sous le petit jour filtrant par la verrière de la gare, j'ai aussitôt reconnu sa frêle silhouette entre les passagers du train. Je me suis plantée devant lui, souriant à pleines dents, j'ai dit tu es Tony Boujon.

Il m'a regardée comme une carpe.

J'ai répété tu es Tony Boujon, j'ai vu ta photo dans le journal, je crois que je pourrais t'aider.

M'aider à quoi, s'est-il énervé, je n'ai rien fait, et puis qui êtes-vous, j'ai déjà parlé à la police.

Je t'offre un café ? ai-je proposé en l'entraînant gentiment vers la sortie.

Nous avons choisi un bar assez sombre du boulevard de Strasbourg. Tony ronge ses ongles maculés d'encre noire tandis que je caresse les miens, polis, manucurés.

Je m'appelle Élisabeth, dis-je sans parvenir à redresser son regard. Il bâille ostensiblement, s'absorbe dans le tripotage de la couture de sa basket, et je poursuis en disant je sais, oui, je sais que tu étais un patient du docteur.

Le garçon lève les yeux malgré lui.

Il ne nous a pas tellement réussi, n'est-ce pas ? fais-je avec un clin d'œil complice, et en passant j'effleure son genou sous la table. Tony bondit sur son siège, sa frange trop longue se rabat mollement sur son front raturé par l'effroi. Je dis excuse-moi, c'est l'habitude. C'est que nous, les infirmières, avons tellement l'habitude de toucher les gens, nous n'y faisons plus attention. Alors il se détend, ses lèvres trahissent une presque envie de sourire. Infirmière, ça lui va. Il sait qu'il n'y a pas lieu de s'offenser de ces femmes douces et professionnellement maternelles : si elles vous aiment, c'est par déformation.

Ensuite, c'est assez facile. Je l'écoute me raconter toutes sortes de choses que je sais déjà, il sait que je les sais puisque je viens de lui annoncer que j'étais une patiente du docteur, mais il s'en fiche. Il me raconte son expérience avec le gros nul, c'est ainsi qu'il le nomme, qui gobait toutes ses salades : il fallait le voir s'attendrir, essayer de le prendre par la douceur alors que Tony ne respecte que le fer et les poings.

Le garçon n'a pas l'habitude d'avoir un public. Il m'agace mais je continue de l'écouter en souriant, et quand il va reprendre la même histoire pour la troisième fois, je l'interromps en disant si on allait chez toi. Il paraît surpris, hésite. Va refuser puis se ravise. Nous quittons l'établissement après que j'ai payé nos cafés, marchons jusqu'à la station de métro et empruntons la ligne 8 à contre-courant de la foule, dirigée vers l'ouest où s'élèvent les immeubles de bureaux. Nous descendons à Montgallet.

Tony habite toujours chez ses parents mais ils sont partis travailler, et j'apprends qu'ils sont pharmaciens. Cela m'étonne car je l'imaginais, à son air de chien misérable, issu d'une famille d'ivrognes ou d'incurables sans-emploi. Puis je repense à des souvenirs de faits divers, à des statistiques que j'ai lues dans les journaux et qui montrent que, si la prévalence des mauvais traitements est supérieure dans les classes sociales défavorisées, ils n'en épargnent aucune.

Leur logis se révèle à la hauteur de mes préjugés. Le couloir déroule un parquet semé d'embûches avec des nids-de-poule entre les lattes branlantes, des plantations d'échardes à toutes les jointures. J'aperçois deux pièces qui sont un salon et une chambre conjugale, meublées en fonctionnel désassorti. Cela sent l'héritage, les oncles et tantes établis après-guerre dans des pavillons d'alors modernes banlieues. Mais toi, ta chambre ? dis-je à Tony, et il m'indique, au bout du couloir, une porte que j'avais prise pour celle d'un débarras. J'arrange sur mes lèvres un air de tendre pitié et conclus tu n'as vraiment pas de chance.

Tony me dévisage méchamment puis hausse les épaules en m'entraînant vers la cuisine où il prépare un café. Je jette un œil autour de moi, à l'évier où la sédimentation trace des formes brun-rouge, aux étagères couvertes d'une poussière grasse. Tes parents, dis-je ensuite, ils ne doivent pas beaucoup s'occuper de toi, n'est-ce pas ?

Il serre les poings, j'enfonce le clou, ajoutant c'est l'évidence, on voit tout de suite que tu as manqué d'amour, sans ça tu n'aurais jamais fait ce que tu as fait au mois de juin à la sortie du lycée Paul-Valéry – le journal a dit pauvre gamine, mais moi j'ai tout de suite pensé pauvre gamin.

Il lâche la cafetière qui tombe sur le carrelage avec un bruit de cymbales

ouvre les poings

avance d'un pas

je le regarde

il me regarde

hérissant ses muscles de petite frappe de rien du tout

il est si drôle

il me fait rire

je m'en décroche les maxillaires

puis je ne sais quoi se décuple en moi

je charge.

Lèvres sur siennes tremblotantes, agacements, morsures, dévient vers l'oreille, dents attaquent le pavillon, langue contre lobe, mains sous le tee-shirt, chair de poule. Doigts qui pincent, remontent au collet, saisissent la mâchoire, et quelle mâchoire, si délicate, semble taillée dans du cristal. Main sur nuque, immobilisation de la proie, plaquage complet, serrage de près. Voir ce que ça donne en bas, si ça monte, si ça crépite, mesurer sa frappe, viser juste. Fortes turbulences en zone sismique. Descente des flancs, barrage pantalon, obstacle ceinture, doigts fouillant la boucle, érection d'un nouvel obstacle. Obstacle prometteur. Mains sur mains, sous les couches de tissu, pointes dressées, vigueur redoublée de l'obstacle. Pulls jetés à terre, pantalons les rejoignent, chaussures coincent, enlever les chaussures, gestes flous, précipitation contre-productive, chaussures coincent d'autant plus mais on y arrive, on y arrive. Obstacle majestueux contre dentelle blanche. Harponner l'obstacle, l'intromettre. Obstacle frémit, lutte pour sa survie. Mais déroute, retraite, acharnement inutile, ennemi en fuite, victoire trop facile, absence de péril, triomphe sans gloire. Réagir. Ranimer la bataille. Mains partout, doigts agiles, introduits, regain de flamme, on y croit, on y croit. Flanche pareil. Trouver autre chose. Imagination, imagination. À genoux, Élisabeth. Gorge déployée, efficacité retrouvée. Proie respire, se détend, roue libre enfile boulevard, glisse tout seul. Lièvre dans tunnel, écrasé. Se relève, enfoncé. Lièvre se rebiffe. Lasso, lancer, obstacle maîtrisé. Obstacle furieux, rugit, débourse sans compter. Obstacle assoupi.

Alors comme ça, dit Tony, tu es venue m'attendre en gare de l'Est juste pour me rendre un petit service.

Nous sommes allongés sur le lit de ses parents, fumant des cigarettes. Des vêtements d'homme et de femme sont éparpillés tout autour de nous. Les nôtres traînent encore sur le carrelage de la cuisine.

Je m'intéresse aux faits divers, dis-je sans me compromettre.

Peut-être, répond Tony avec un début de sourire en coin, mais tu dois sacrément manquer d'amour. Et comme j'attends la suite, il reprend à ton âge, j'espère que je n'en serai plus à consulter des docteurs, puis il se rapproche et je recule instinctivement.

Quoi, dit-il avec son sourire de sauvage, tu veux plus jouer ?

D'un bond je me relève mais il me suit hors de la chambre, m'agrippe le poignet, et je comprends que je suis en train de perdre la partie. J'essaie de réfléchir mais tout devient très confus dans ma tête, je ne sais plus quelle attitude adopter, et par réflexe je me défends, lui envoyant une gifle de ma main libre. Tony baisse la tête et fonce dans mon estomac. Je m'effondre contre le mur, il approche de nouveau, je me redresse et le couvre de claques. Il se protège avec les poings, m'attrape par-dessous les bras, alors je lance mon genou entre ses cuisses avant de courir vers la cuisine pour récupérer mes affaires. Mais il me rattrape par les cheveux, m'en arrache une pleine poignée. Je tombe au sol, l'entraînant à ma suite, nous nous lacérons avec les ongles, nous nous envoyons des coups dans le ventre, et je ferme les yeux très fort, je m'enfonce profondément dans sa chair maigre tandis qu'il m'attrape des morceaux de peau à pleine paume, qu'il les tord et qu'il les mord et, rampant sur le carrelage, je m'habitue à recevoir ses coups en pensant qu'il faut me concentrer sur la sortie, récupérer un minimum de mes vêtements.

Ainsi, cela prend peut-être dix ou quinze minutes, je cède tout ce que je peux céder. Je le laisse prendre possession de ce corps que j'habite par si brèves intermittences, et en même temps je rassemble mes affaires derrière moi, continuant de ramper, millimètre par millimètre, pour tromper sa vigilance. Enfin nous sommes au pied de la porte, je ne sais plus ce qu'il me fait mais je lève une main vers la poignée comme hors de l'eau, et rassemblant mes forces endormies depuis toutes ces minutes qui se sont noyées dans une dimension parallèle de ma mémoire, je le repousse violemment pour me retrouver sur le palier où il n'ose pas me suivre. Je me rhabille à la hâte, descends les escaliers en courant. À 14 h pile, je sonne chez la nourrice.

13

Beau T4 avec parquet, moulures, l'appartement mesure 85 m^2 selon le mode de calcul de la surface privative prescrit par la loi Carrez. Les pièces distribuées en enfilade le long d'un couloir central bénéficient d'une vue dégagée sur une petite place pavée, exposition sud-est. Et si l'on se penchait par la fenêtre, bravant le froid de ce dimanche 29 novembre où il neige encore – car il n'en finit pas de neiger depuis une semaine –, on apercevrait l'église Saint-Médard, entourée par un jardin discipliné. Il émane de l'ensemble un charme d'après-guerre ou d'opulente sous-préfecture.

Mais vous ne regardez pas la scène de l'autre côté des fenêtres. Armée d'un arrosoir d'intérieur, vous abreuvez les plantes grasses qui semblent s'épanouir en l'absence de soins réguliers. On ne leur parle pas, on ne les époussette pas chaque semaine au moyen d'un chiffon doux humidifié, et elles continuent de croître. Il faut même les fixer avec un ruban adhésif pour en maîtriser la trajectoire, qu'elles se prolongent dans les angles, vers le plafond, le long des stucs, au lieu de proliférer par-dessus leurs pots jusqu'au tapis où elles se fondraient avec les motifs de lianes, les recouvrant bientôt, végétalisant le parquet au point de Hongrie si vous n'y mettiez bon ordre.

Puis les objets qui reposent sur la télévision, la table basse, sont débarrassés de leur pellicule de poussière. L'un d'entre eux, sur la cheminée, présente une légère ressemblance avec l'objet qui était exposé sur l'étagère du docteur. Ce souvenir vous effleure sans s'appesantir. Vous ne souhaitez pas vous pencher sur une relique dont vous savez l'histoire, la provenance, pourquoi elle repose ici plutôt que d'autres, dépositaire d'affections spéciales et arbitraires. Vous ne mettez pas en doute leur bien-fondé, vous balayez.

Il faut ensuite ouvrir les factures, électricité, téléphone, le gaz ayant été coupé en concession à la réalité et par souci d'économie. Vous vérifiez les lignes de chiffres et rangez le tout dans un secrétaire trapézoïdal. La pendule indique deux heures et demie. Il reste largement le temps de passer un coup d'aspirateur avant l'arrivée de Julien, ce que vous faites après avoir tiré la porte de la chambre du milieu où repose l'enfant. À moins dix, vous procédez à un dernier tour d'inspection, puis vous vous postez à la fenêtre. Il sera en retard comme à son habitude, ses retards témoignant en fin de compte d'une incroyable ponctualité. Pourtant vous commencez le guet à trois heures pile, vous préparant à être déçue, l'espérant presque car ainsi les événements obéiront à la logique de vos prévisions.

Qu'il était beau, Julien, et cela n'a pas changé depuis qu'il vous a quittée. À 15 h 20, il apparaît dans votre fenêtre de tir, entraînant une éclipse de la mémoire. Vous l'imaginez avançant vers vous pour la première fois, nu, offert, ainsi qu'il s'était présenté trois ans plus tôt, sans retenue et sans entrave.

La mémoire vous revient. Les brèches creusées par l'inévitable retour du pareil au même, les piques qui deviennent des lances, et vous qui n'y voyiez rien parce que vous attendiez un enfant et que l'horizon se résumait à la circonférence de votre ventre. Les soupçons chassés avec la poussière lorsque les réunions commencèrent de s'éterniser. Les coups de téléphone donnés porte close depuis la salle de bains, les violences qu'on s'inflige en toute occasion, par exemple au cocktail des établissements Biron, au mois de juin, lorsque Héloïse fraîchement recrutée s'approchait dangereusement de Julien et que vous faisiez effort pour ne pas dégainer en rafales dès qu'elle traversait votre mire.

Il est sur le seuil de l'appartement. Il a sonné à l'interphone, vous lui avez ouvert. Immobile derrière la porte, vous avez attendu son coup de sonnette pendant qu'il montait les trois étages, et le voici face à vous. Des mèches de cheveux retombent sur son front. Vous pourriez les relever – après tout, cet homme vous appartient encore aux yeux de la loi. Vous retenez vos doigts de justesse.

Comment vas-tu, dit-il en se frayant un chemin parce que vous ne bougez toujours pas, et il se dirige vers le salon où il choisit un fauteuil, celui en cuir, le plus profond. Mains croisées sur les genoux, vous prenez place dans un siège assez inconfortable recouvert d'une toile écossaise à dominante bleu marine. Julien examine rapidement le décor et conclut ces plantes, mon dieu, c'est monstrueux, elles finiront par nous envahir. Vous notez qu'il a dit nous. Mais aussitôt il ajoute qu'est-ce que c'est que ces marques sur tes bras, Viviane, c'est affreux. Vous baissez vos manches sur vos poignets découverts pour les soins du ménage et répétez d'un air entendu : Nous envahir, Julien ? Julien d'abord ne comprend pas. Puis il finit par comprendre. Tout envahir, Viviane, j'ai dit tout envahir. Vous haussez les épaules en déclarant je vais faire du thé, tu prendras du thé ? Merci, répond-il, ce qui signifie oui ou non, comme à son autre habitude.

Dans la cuisine, vous préparez un plateau avec deux tasses et regardez la neige tomber dans la cour intérieure pendant que la bouilloire chauffe, écoutant les craquements du parquet qui renseignent sur la position de votre mari. Il semble tourner un peu en rond dans le séjour, avancer prudemment dans le couloir, approcher pas à pas de la chambre du milieu. Enfin vous percevez le minuscule grincement lorsqu'il se risque à jeter un œil à l'intérieur, sur l'enfant qui dort et qui est aussi la sienne – il faut un effort pour s'en rappeler mais vous le concédez.

La bouilloire siffle. Emportant le plateau, vous distinguez, à travers la porte désormais grande ouverte, la silhouette de Julien penchée au-dessus du bébé. Un gazouillement parvient à vos oreilles. Vous observez la théière qui infuse. C'est un spectacle de peu d'intérêt mais vous contemplez souvent les choses immobiles, attendant qu'elles livrent leur secret.

On dirait qu'elle me reconnaît, se félicite-t-il en replongeant dans le fauteuil. Puis il veut parler d'arrangements matériels, de procédures administratives, de droits et de devoirs. La scène de l'autre côté des fenêtres accapare soudain toute votre attention. Vous considérez les mouvements sur la place, la foule attablée sous les parasols chauffants de la brasserie, la neige qui recouvre le terre-plein central, trouée d'empreintes de pas et des prélèvements opérés par les enfants.

Tu m'écoutes, Viviane ?

Pas vraiment, Julien.

Il faut être raisonnable, Viviane.

Je ne crois pas, Julien.

Il invoque alors des responsabilités, l'intérêt de la petite. Il sait que vous êtes une femme de bon sens, vous l'avez toujours démontré malgré vos légers désaccords, divergences d'opinions, quelques malentendus. Par exemple, poursuit-il, ça m'a étonné, ce coup de téléphone de la police. Je ne savais pas que tu consultais un professionnel. C'est un peu, ces trucs-là, pour les gens qui s'écoutent, tu ne trouves pas ?

Je n'ai pas besoin de toi, répondez-vous. Ce que tu prends, tu me l'enlèves, je ne vais pas te faciliter la tâche.

Julien murmure dieu sait quoi en direction de ses genoux, mais vous jureriez qu'il a dit salope. Vous exultez d'avoir si bien su vous faire haïr à défaut d'aimer. Encore du thé ? proposez-vous tout sourires.

Il avance au bord du siège, pose sa tasse sur le plateau, vous regarde verser l'infusion dans l'attitude de la parfaite maîtresse de maison.

Ce n'est pas la bonne méthode, Viviane. La loi est de mon côté. De toute façon tu ne t'en sortiras pas toute seule.

Vous cessez de servir le thé. La théière s'incline vers le tapis et répand l'intégralité de son contenu au sol. Lorsqu'elle est vide, vous la lâchez avec un grand rire. Le tapis amortit la chute mais la porcelaine est fine, elle se brise en éclats pointus qui chassent dans tous les coins de la pièce. De l'autre côté de la cloison, l'enfant s'est mise à pleurer.

Tu ne sais pas, dites-vous maintenant, de quoi je suis capable.

Viviane, hasarde-t-il, c'est l'émotion, la situation. Tu vas te remettre, voir les choses autrement.

Vous répondez je t'emmerde et récupérez tout ce qui se trouve sur le plateau, les tasses, les soucoupes, les cuillers en argent, le sucrier, le pot à lait, pour les jeter à sa face. Il se protège des mains, bat en retraite, et vous parvenez ainsi à le faire reculer jusqu'à la porte d'entrée. Vous attendez qu'il foute le camp mais il se retourne une dernière fois, il vous regarde droit dans les yeux et dit ça ne se passera pas comme ça, tu vas voir, je vais emménager dans un nouvel appartement avec ma nouvelle femme, nous obtiendrons la garde de l'enfant, tu n'auras plus qu'à te ronger les sangs, puis il dévale les marches tandis que vous demeurez paralysée sur le seuil.

14

Au-dessus du berceau, les girafes et les lions ralentissent et repartent, actionnés par le pied de l'enfant qu'un cordon relie au mobile, et dont un léger mouvement suffit pour mettre la ménagerie en branle. Depuis un bon quart d'heure, le bébé s'emploie à élucider le mystère des causes et des conséquences. Livrée à vous-même, vous soulevez un objet pour le remettre aussitôt en place, rectifiez le tombé des rideaux, chassez du plat de la main quelque poussière absente. La nuit achève de recouvrir les voies ferrées, la neige balaie les carreaux, pointille en blanc les trains qui fendent la vitre sur un rythme aléatoire.

Vos bras vous démangent un peu. Vous remontez vos manches, questionnez les longues blessures qui partent du delta des veines, aux poignets, pour disparaître dans le pli du coude et resurgir à la gorge. Vous tâchez d'en rappeler l'origine, mais en vérité vous êtes à la recherche d'un élément plus ancien, d'une chose tombée au fond d'un puits dont vous apercevez le pâle reflet.

Vous conservez un souvenir assez précis de votre mariage. À cette époque, chaque instant était une fête, et la grimace du docteur semblait dire ma pauvre, vous avez vingt ans de retard. Oui, vous en aviez près de quarante et l'impression de marcher sur l'eau. Vous étiez insupportable. Le moindre événement était prétexte à raconter comme on vous aimait, comme vous aimiez. Le docteur rongeait son frein mais vous n'en aviez cure. Il était payé pour entendre, aucun détail ne lui serait épargné. Il attendait son heure.

Les problèmes ont commencé, diriez-vous, trois mois après la cérémonie. C'est une date approximative, Julien aurait sans doute un autre avis. Aujourd'hui, il dirait depuis le début, depuis le début ça n'allait pas, je ne sais pas comment j'ai pu me laisser embarquer dans cette histoire. Donc mettons trois mois après. C'est venu de votre chat. Qui n'était pas à proprement parler le vôtre, il appartenait à votre mère, vous en aviez hérité. Vous n'en aviez pas fait mystère. Vous n'en aviez pas non plus fait des tonnes. Élevée dans l'éthique protestante et l'esprit du capitalisme, la gamme de vos affects s'en est trouvée considérablement réduite et vous n'y voyez aucun inconvénient.

Mais Julien ne s'intéressait pas aux histoires de famille. Il lui suffisait de savoir que tout le monde était mort pour ne plus poser de questions, car de son côté aussi tout le monde était mort, ou quasi. En revanche, il s'intéressait au chat. De la salle de bains à la cuisine, il le trouvait sans arrêt sur son chemin, et il voulait savoir quand on pourrait s'en débarrasser. Il n'avait pas dit piquer, il était encore amoureux et il y a des mots qu'on ne prononce pas dans ces périodes où l'on craint de froisser. Il avait dit oublier en forêt. Vous avez fermé les oreilles et continué de marcher sur l'eau.

Il a insisté. Il a dit quand même, c'est tout ce dont tu as hérité ? Vous avez répondu non, il y a aussi l'appartement. Il a répété appartement ? bien immobilier ? dans quel quartier ? Vous avez précisé 5e arrondissement. Il a souri. (Tu aurais pu me le dire plus tôt.) Puis il a voulu juger sur place et vous avez accepté pour avoir la paix. En sortant, il a estimé la valeur des lieux, déclaré qu'il n'y avait pas grand-chose à tirer des meubles mais que ce serait toujours ça de gagné. Vous avez proposé une promenade au Jardin des Plantes.

Devant l'entrée de la serre des forêts tropicales humides, il a demandé quand vous comptiez réaliser la vente. Vous avez raclé l'allée du bout de votre chaussure, fait des mimiques embarrassées. Enfin vous avez dit je préférerais ne pas vendre, nous n'avons pas besoin d'argent, nous gagnons bien nos vies, oublions cela. Il a demandé depuis combien de temps tu gardes cet appartement. Vous avez sorti dix euros de votre porte-monnaie pour payer les entrées à la serre. Il a reposé sa question devant le cactus à raquettes. Soudain vous aviez très chaud. Vous avez ôté votre veste et fouillé dans votre sac à main à la recherche d'un mouchoir en papier, espérant que ça durerait le plus longtemps possible. Lorsque vous avez relevé les yeux, Julien s'était déplacé vers le palmier des Bermudes. Vous avez fait un tour en tamponnant vos joues, puis vous l'avez rejoint près des orchidées. Il a de nouveau posé la question. Vous avez répondu pour avoir la paix. Sept ans ? huit ans ? Il a dit Viviane, ça ne va vraiment pas.

Dans le berceau, l'enfant a entrepris de casser son jouet, lassée par ces animaux stupides qui tournent en rond sans jamais dévier de leur orbite. De grands soubresauts des membres inférieurs communiquent au mobile leurs injonctions contradictoires, les girafes et les lions s'envolent dans toutes les directions, s'entrechoquent dans un claquement de castagnettes. Vous allez la prendre dans vos bras quand on sonne à la porte. Il est près de minuit, vous n'avez encore jamais reçu de visites dans cet appartement, vous vous demandez bien qui cela peut être.

Eh bien c'est la police.

Dans l'embrasure se tient cet inspecteur de l'autre jour, ce Philippot à l'œil tendre, invitant, qui s'il s'y prenait mieux aurait raison de toutes les confessions. Il est accompagné d'un adjoint mais vous n'enregistrez aucun détail de sa physionomie. Vous toisez l'inspecteur dans l'attente d'une explication et il n'en prodigue aucune, il brandit réglementairement son insigne de la police judiciaire, disant madame Hermant, veuillez nous suivre, rassemblez les affaires de l'enfant et suivez-nous.

Que fait-on dans ces circonstances. On s'agite vainement, on pose des questions auxquelles nul n'apporte de réponses. Les policiers vous pressent, vous mettent des objets dans les mains, criant vous aurez besoin de ceci, de cela, enfin ils vous tendent un sac de voyage qu'ils ont trouvé dans un carton et vous y fourrez les affaires de la petite. Arrachant le berceau de sa quille, ils le transportent dans les escaliers et vous courez derrière, dégringolant les marches après l'enfant qu'on entraîne au loin, dérapant sur le manteau qui pendouille à votre bras, dans vos chaussures à demi enfilées.

Un véhicule stationne au pied de l'immeuble.

La portière est ouverte, on vous fait signe d'y monter tandis que l'adjoint qui porte le sac et le berceau les remet à un homme surgi de l'ombre. C'est Julien. Il est là, il ne vous regarde pas, il récupère le butin et disparaît aussitôt. On ne vous laisse pas le loisir de vous arrêter sur cette image. Les policiers vous poussent sur la banquette arrière où vous vous retrouvez coincée entre l'inspecteur et son adjoint. Le chauffeur démarre immédiatement et vous accrochez votre regard dans le rétroviseur, implorant un signe, un augure, un espoir, mais le visage dans le rétroviseur ne vous reconnaît pas.

15

On va faire le point, dit le commissaire. De l'autre côté du bureau, la captive est défaite. On a reçu un coup de téléphone de votre mari, poursuit-il, il paraît qu'on ne vous reconnaît plus, ces temps-ci. Alors dites-moi, qu'est-ce que c'est que ces marques sur vos bras, madame Hermant ?

Les bras de la femme sont recouverts, elle les examine sans bouger. Alors le commissaire explose, il se lève en frappant le bureau de son poing gras, il le contourne en vociférant cessez de vous foutre de ma gueule, montrez-moi vos bras tout de suite et expliquez-moi d'où viennent ces marques.

Comme elle ne fait toujours rien, l'inspecteur qui l'a conduite ici s'avance et relève une manche du pull-over. Le commissaire est tout contre elle, la masse de son visage dilatée en un gros plan monstrueux. Elle n'y distingue que le trou de l'œil, noir dans le contre-jour car c'est l'accusée qu'on éclaire, la lampe braquée sur sa face d'animal pris au fond du terrier. Mais en cet instant elle n'a plus peur. Le sentiment du destin l'emporte, elle attend le coup fatal.

On s'est battue ? hurle le commissaire, son haleine lourde projetée directement dans les narines de l'interrogée, on s'est battue et l'autre s'est débattu, c'est ça ? On a l'air d'une bourgeoise mais on a ses vapeurs, on se met en colère et on ne répond plus de rien, hein madame Hermant ?

L'écho de ces suppositions finit de résonner dans la pièce, et elle dit oui en baissant les yeux vers ses genoux, oui je me suis battue. Et avec qui ? reprend le commissaire sur le même ton. Les syllabes retombent en projectiles autour de la personne endolorie. Avec le petit Boujon, avoue-t-elle enfin, je me suis battue avec Tony Boujon.

Les deux hommes opèrent un recul dans l'espace. Qu'est-ce que vous foutiez avec lui ? demande le commissaire. Alors il faut admettre qu'on a procédé à quelques recherches. Recoupé les informations publiées dans les journaux. Qu'on s'est postée sur son chemin en gare de l'Est pour l'aborder, mais on le regrette, on aurait mieux fait de s'abstenir. Puis elle replonge dans le silence, et dès lors ni les cris du commissaire, ni ceux de l'inspecteur lorsqu'ils inverseront les rôles, misant sur l'effet de contraste pour fragiliser la cible, ni les coups de pied qu'ils infligeront à la chaise où elle se tient cramponnée jusqu'à ce qu'elle finisse par lâcher prise et se retrouve à terre, rien n'aura raison du mutisme où s'est murée la personne, que par dépit l'on conduit au cachot.

La cellule mesure environ deux mètres de long sur un mètre cinquante de large. Pourvue d'une banquette et fermée par une porte en Securit, elle est tout à fait propre. Les murs ne suintent pas l'humidité, aucun insecte ne circule sur le carrelage. Si l'on souhaite se rendre aux toilettes, cette permission est accordée, on y est accompagné par un policier du sexe auquel on ressortit. On peut aussi obtenir un verre d'eau mais rien à manger. Enfin la possibilité de passer un coup de téléphone est offerte. La personne néglige cette proposition. Elle se courbe sur la banquette, appliquant les paumes dans le creux de ses paupières pour faire du noir, car c'est encore là qu'on voit le mieux.

Cela vous laissera le temps, a dit le commissaire avant de la jeter au trou, de réfléchir aux conséquences de vos actes. Or elle ne demande que cela, de mettre de l'ordre dans sa mémoire. Mais au lieu de gagner la lumière, les événements s'obscurcissent toujours davantage.

Privée de passé récent, elle s'abrite dans l'ancien. Elle se rappelle la mère qui n'a pas plus de début que de fin, impossible à dater quelle que soit la méthode, carbone 14 ou introspection. Et à côté du monolithe paraît une ombre minuscule. Un personnage qui fut aimé à sa manière, avec ce qui restait d'affection, puis s'est évaporé tel qu'il était venu : un beau jour ils n'étaient plus trois, dans l'appartement de la place Saint-Médard, elles étaient deux face à face comme une paire de faïences. Et si la disparition du troisième élément déséquilibra pour un temps l'harmonie du paysage, il fut vite relégué à la place du souvenir, d'un de ces bibelots sur la cheminée qu'on astique sans voir, mais dont on ne se séparerait pour rien au monde tant ils sont indispensables à la nouvelle configuration de l'ensemble. Des explications furent sans doute exigées, vers douze ou quatorze ans, à l'âge où l'on espère, par le jeu des interrogatoires, obtenir justice et réparation. Mais il apparaît vite qu'une absence de cause vaut mieux qu'une variété d'insatisfaisants mobiles, et ce qui appartient au silence lui est rendu.

La personne sur la banquette oscille de droite à gauche et inversement. Le temps passe et pourrait s'écouler à l'infini, mais un tiraillement du dos, un coincement du genou finissent par rappeler le corps à l'attention du reste. Font lever la tête, changer de position. Examiner ce qui se produit au-dehors, au-delà de la porte vitrée, dans le couloir où circulent de rares agents qui jamais ne regardent la prisonnière.

Vers le milieu de la nuit, on l'extrait de sa cage pour la ramener dans le bureau. Un autre invité stationne déjà sur l'une des chaises des visiteurs.

Asseyez-vous, madame Hermant, ordonne le commissaire. Vous allez me raconter comment vous vous êtes rencontrés.

C'est elle, proteste vigoureusement Tony Boujon. C'est elle qui m'a abordé, puis elle a voulu venir chez moi, c'est elle qui a tout manigancé.

Eh bien, madame Hermant, qu'est-ce que vous répondez à cela ?

C'est vrai, dit l'humiliée. J'ai vu sa photo dans le journal, je ne sais pas pourquoi j'ai eu l'idée de le suivre mais je l'ai eue, je le regrette.

Le récit de cet épisode est exigé. Il faut tout redire dans les moindres détails, l'approche, l'assaut, les membres enchevêtrés, et précisément de quelle manière, quels fluides furent échangés, jusqu'à ce que les suspects s'accordent sur une version commune. Celle-ci ne pose pas de difficulté majeure, l'accusé veillant à minimiser ses torts et l'accusée s'attachant à complaire. Elle dit oui, c'est vrai, je me suis jetée à sa tête, puis je ne sais pas ce qui m'a pris, je l'ai griffé, je l'ai mordu, il s'est défendu comme il pouvait, et le garçon s'enthousiasme pour cette version, répétant oui oui, c'est ça, c'est tout à fait ce qui s'est produit, elle ne voulait pas me lâcher, je ne savais plus comment m'en défaire. Les policiers enregistrent cette déposition. Parfois ils lèvent le nez, peinant à croire que deux suspects se coalisent avec autant de zèle. Mais Tony Boujon, dans l'autre histoire, l'importante, celle du docteur, a un alibi en béton. Il ne manque pas de le rappeler, il a dû se rendre plus tôt à son travail ce jour-là, une machine qui était tombée en panne, on l'avait appelé en renfort et trois ouvriers peuvent témoigner qu'il n'a pas bougé de la nuit.

Alors peut-être madame Hermant est-elle votre complice, suggère le commissaire, peut-être qu'elle est la main et vous le cerveau de cette affaire. Tous dans la pièce se regardent, méditant cette hypothèse, l'évaluant chacun pour soi, et comme elle est tellement stupide, le commissaire pour ne pas perdre la face l'abandonne le premier, il se lève et gifle le gamin qui valse à terre puis sort du bureau en disant petit con.

Les accusés n'osent se retourner pour voir si l'inspecteur se tient toujours dans leur dos. Tony se rassied péniblement et ils attendent, parfaitement soumis à la volonté de qui de droit. Enfin ils devinent qu'ils sont seuls mais ne bougent toujours pas, ils restent sur leur chaise pendant de longues minutes qui deviennent des heures. Peu après l'aube, un agent libère l'accusé et ramène l'accusée au fond de son trou.

Quelques heures se passent encore où elle fait des nœuds avec ses cheveux, se balançant cette fois d'avant en arrière, hypnotisée par son propre mouvement. Un agent pénètre dans la cellule et pose un verre d'eau à côté d'elle, demande si elle veut qu'on l'accompagne aux toilettes. Elle répond non merci. En fin d'après-midi, on ouvre de nouveau la porte pour dire vous êtes libre.

Elle s'extrait lentement de la cellule, gagne la sortie en rasant les murs éclairés trop dru par le plafonnier du couloir, clignant et effleurant ces murs pour le cas où il faudrait s'y appuyer, traverse le hall du commissariat et se retrouve à l'extérieur. D'abord elle ne se rappelle plus très bien comment regagner son domicile, quelle ligne de métro ou d'autobus l'y conduirait le plus sûrement. Elle se souvient que ses bras sont vides et qu'il y manque l'enfant dont c'est la place.

16

Sur vos genoux, vous bercez l'étui de couteaux que vous avez récupéré tout à l'heure chez votre mari. Cette fois, vous n'êtes pas tombée sur Mme Urdapilla. L'appartement n'avait pas beaucoup changé depuis l'autre jour, sinon que dans la deuxième chambre traînaient les affaires du bébé absent. Vous avez appelé Julien en sortant de chez lui. Bien sûr, vous n'avez pas dit où vous étiez. Vous avez dit j'ai réfléchi, l'autre jour je me suis emportée, il faut qu'on s'organise au sujet de la petite, ajoutant je vais vendre l'appartement de ma mère, veux-tu m'y rejoindre en fin d'après-midi pour discuter ? Julien a dit d'accord. Julien, depuis une semaine, comprend ce que c'est que s'occuper d'une enfant : il serait trop heureux de s'en débarrasser quelques jours.

Au-delà de la fenêtre, la neige tient bon sur le

ballast et le ciel ressemble à une mer de coton. Vous immobilisez le rocking-chair puis, ayant fourré les lames dans votre sac à main, vous abandonnez les lieux.

Les Arènes de Lutèce se situent à environ cinq cents mètres de la place Saint-Médard. Vous passez les grilles, le sentier qui longe l'amphithéâtre, gravissez les marches pour disposer d'une vue plongeante sur la piste. Des immeubles de taille moyenne ferment le périmètre au nord. Au sud, ce sont les arbres, un mur épais de branches enneigées faisant barrage contre la ville. Perchée en haut des gradins, vous apercevez les herses d'où furent lâchés les lions affamés, et par l'entrée des artistes apparaît votre mère.

Elle vous repère aussitôt, vaste forme emmitouflée dans votre manteau gris comme un campement de fortune. Parvenue à votre hauteur, elle dit tu n'es pas un peu folle, avec le temps qu'il fait, tu aurais tout de même pu venir jusque chez moi. Vous répondez je sais, mais je suis pressée. Vous observez le grain de son image. L'extrême matérialité des traits qui sont tels que vous les avez toujours connus, les saillies et les creux, la luminosité spéciale de l'épiderme, l'allure générale qui n'est semblable à aucune autre. Tu es vraiment folle, répète-t-elle avec indulgence, ébauchant un geste vers vous. Mais en fin de compte elle le retient, se retourne et disparaît entre les arbres. Vous restez seule avec les couteaux, livrée à la neige qui recommence de tomber.

Julien arrivera par le nord-est. Descendu de l'autobus n° 86 au pied de l'Institut du monde arabe, il contournera la faculté des sciences, slalomera entre les véhicules mal garés, les travaux perpétuellement en cours sur cette portion du trottoir puis, au carrefour avec la rue des Écoles, remontera la rue Linné vers le Jardin des Plantes. Après la supérette, il tournera dans la rue des Arènes pour gagner la rue Monge.

Dos à la piste, vous marchez vers les grilles circulaires qui bordent l'enceinte, épousant la courbe de la chaussée. Il se trouve un point, à l'embranchement avec la rue de Navarre, d'où l'on pourrait suivre toute la trajectoire d'un éventuel passant – car pour l'heure, il ne s'en présente aucun –, de la rue Linné à la rue Monge. Vous vous tenez à ce poste. En face, ce sont des immeubles d'une discrétion fière, stylés sans complications excessives. De temps à autre, une fenêtre s'ouvre pour permettre d'y agiter une nappe. Une ombre traverse un rideau, un chat derrière une vitre réclame l'ouverture de son aquarium, mais quand on obtempère c'est trop tard, il n'a plus envie.

Au bout d'une demi-heure, vous distinguez nettement votre mari en contrebas. Julien semble porter le monde sur ses épaules, qu'un instant vous revoyez nues contre les vôtres, vous enveloppant à la perfection. Vous chassez cette image. Vous la remplacez par celle de tout ce qu'il vous doit, des couteaux dans votre sac, de votre fille envolée, de votre mère enfuie. Vous approchez des grilles mais bien sûr il ne vous voit pas. Amortie par la neige, silencieuse, invisible, vous courez vers la sortie des Arènes et, lorsque vous gagnez le trottoir, il tourne déjà dans la rue Monge. Il est trop tard pour l'appeler discrètement, l'entraîner vers la bouche de métro creusée dans le mur d'enceinte que personne n'emprunte jamais parce qu'il faut monter une centaine de marches alors que la sortie principale, sur la place Monge, bénéficie d'un escalator.

Julien avance à grands pas mais vous réglez sans peine votre allure sur celle du fuyard. Nul événement jusqu'à la place Saint-Médard où vous prenez soin de rester en retrait, rasant le jardin de l'église tandis qu'il s'affaire sur le digicode à quelques mètres devant vous. Il s'engouffre dans l'immeuble de votre mère – celui qui fut aussi le vôtre pendant vingt-huit ans, oui, c'est le temps que vous y avez vécu, mais nul ne vous obligeait à rester : vous étiez bien.

Sur la place se trouve une brasserie dont l'étage offre une excellente vue des environs. Vous choisissez une table près de la fenêtre et commandez un grog, sans lâcher des yeux la porte par où Julien a disparu, d'où il reparaît quelques minutes plus tard, arrêté dans sa course par l'interphone. Il pianote sur son téléphone portable, et corrélativement le vôtre commence à vibrer dans votre poche. Vous observez que trois messages y sont déjà enregistrés. Vous ne décrochez pas, vous n'écoutez pas les messages. L'objet continue de vibrer sur la table et le nom de Julien s'inscrit sur l'écran, appelant et rappelant dans le vide.

Puis il fait le tour de la place, entre dans la librairie. Votre mari se promène parmi les tables des nouveautés, soulevant des livres qu'il repose aussitôt, consultant les dos alignés sur les étagères sans probablement mémoriser aucun de leurs titres, ressort enfin pour utiliser son téléphone, et vous ne décrochez toujours pas, vous commandez un deuxième grog.

Il rentre dans la librairie. Cette fois, Julien se dirige vers le fond du magasin, choisit un album au rayon des illustrés et en tourne méthodiquement les pages jusqu'à la dernière. Lorsqu'il a terminé le livre, il ressort et la nuit tombe sur la place. Julien passe un dernier appel mais pour le coup votre appareil ne vibre pas, et cette autre personne qu'il appelle semble faire moins la difficile car il lui parle – vous distinguez nettement le mouvement de ses lèvres, précipité puis mollissant au fil de la conversation –, jusqu'à ce qu'ayant fait sur vous une croix définitive, il quitte la place en sens inverse.

Est-ce l'effet de cette expression doucereuse sur la figure de votre mari ou des grogs multipliés pendant que vous trouviez le temps long, votre démarche n'est plus aussi ferme que tout à l'heure. Vous reprenez votre filature, vous apprêtant à le héler pour le conduire vers cette entrée discrète du métro à laquelle vous avez pensé tout à l'heure, au fond du rocking-chair, comme à un lieu qui signerait convenablement votre crime. Or voici que Julien dépasse sans hésitation la rue des Arènes. Il vous entraîne vers une autre région que vous connaissez bien, la rue des Carmes et son commissariat. Votre mari avance à une quinzaine de mètres devant vous, laissant derrière lui le fleuriste, le quincailler, le marchand de vin, la boulangerie que vous passez à votre tour, sans entendre le nom qu'on prononce derrière vous.

Vous ne reconnaissez pas non plus la voix de Gabrielle, la femme du docteur qui, ayant procédé à un petit état des lieux rue du Pot-de-Fer, se dirige maintenant vers celle du Roi-de-Sicile. Et refusant d'entendre ce nom qui vous poursuit, vous ne pouvez deviner qu'elle vous emboîte le pas, sautillant dans la neige, attrapant son téléphone et se mettant aussitôt en relation avec l'inspecteur Philippot puis Angèle, avec qui la police s'est récemment chargée de faire les présentations. Finalement, elles ne se sont pas mal entendues – elles avaient en commun des expériences et des points de vue sur le défunt.

Gabrielle vérifie donc certaines données du problème et reprend sa course à quelques pas derrière vous, poursuivant votre mari dans les ruelles pavées où les touristes achètent des souvenirs de Notre-Dame et où il finit par s'arrêter net, comme indécis. De crainte qu'il ne vous repère, vous disparaissez dans l'entrée d'un cinéma et vous n'apercevez pas Gabrielle qui se tient dans cette même entrée, où elle s'est réfugiée un instant plus tôt. Non, vous ne voyez rien de ce qui vous entoure, trop préoccupée par la silhouette que vous guettez au loin, et bientôt celle-ci s'élance à travers la foule.

Vous courez derrière, la veuve sur vos talons. Celle-ci prend de moins en moins de précautions à votre égard : pendue à son téléphone, elle transmet maintenant des coordonnées géographiques, les précisant à chacun de vos mouvements. Enfin Julien pénètre dans une bijouterie, en ressort avec un joli paquet. Vous aimeriez le lui arracher mais avec application vous inspirez, expirez. L'air circule douloureusement dans vos poumons comprimés par la traque et par cette légère nausée qui ne vous quitte plus depuis tout à l'heure. Cependant vous le suivez jusqu'à la Seine, pour vous retrouver bientôt sur le pont Saint-Michel.

Qui mène à l'île de la Cité, à la préfecture de police, au Palais de Justice. Vers la Conciergerie et ses tours chargées de souvenirs funestes, geôles froides, inflexibles jugements, rutilantes guillotines. Les murs pèsent de toutes leurs pierres gelées sur vos épaules basses. Vous continuez d'avancer à travers la neige mais vos pas ralentissent d'eux-mêmes, et vous songez que si Julien se retournait à cet instant, l'eau noire sous le pont deviendrait la seule issue. C'est peut-être cette image qui ravive votre nausée au moment d'aborder l'île. Ou la faim. Vous pensez à votre dernier repas. Il remonte à la veille, et encore, deux conserves de sardines à même la boîte, cela ne compte pas vraiment. Mauvais, ça, l'alcool sans rien dans le ventre, il n'y a pas besoin d'être votre mère pour vous le dire.

Puis Julien ralentit de même, à l'affût, cherchant à apercevoir quelque chose ou quelqu'un. Il semble en effet qu'à l'angle de la préfecture se dessine une forme féminine. Votre mari hésite le temps de s'assurer que c'est bien la personne qu'il court rejoindre depuis tout à l'heure, presse à nouveau le pas vers la femme qui se détache maintenant du mur, avance à sa rencontre, et comme par hasard c'est Héloïse. Votre estomac se soulève.

Et voici qu'on prononce de nouveau ce nom

derrière vous. Vous faites la sourde oreille, mais il revient dans l'air, répété trois fois, dix fois, vingt fois, l'étonnement se faisant plus vif à chaque occurrence, comme s'il fallait répéter sans fin ce nom pour s'assurer que c'est bien vous qui êtes là au bout du pont, Élisabeth.

Voilées par la neige qui s'accroche à vos cils, vos paupières peinent à se soulever. Vous reconnaissez tout de même Angèle arrivant par la droite. Prise de panique, vous faites volte-face pour tomber cette fois sur Gabrielle et l'inspecteur accompagné de son adjoint, marchant sur vous à grands pas tandis qu'Héloïse et Julien remarquent enfin votre présence, et celui-ci dit Viviane, Viviane, qu'est-ce que tu fais là ?

Il faudrait réagir, se débattre, mais il se produit soudain quelque chose de beaucoup plus urgent. Vous avez beau vous concentrer, respirer le plus profondément possible, l'air ne descend plus jusqu'à vos poumons. Il ne fait que refluer bêtement, refusant d'être aspiré. Cela vous agace que la mécanique s'enraye ainsi. Vous déployez toute votre énergie pour le contraindre à prendre le chemin du pharynx, mais il s'y refuse obstinément, et vous ne vous souvenez pas d'avoir jamais éprouvé quelque chose d'aussi désagréable. Vous suppliez des yeux votre mari mais vous ne le voyez plus, puis l'inspecteur mais vous ne le distinguez pas davantage. Tout ce que vous apercevez, ce sont les phares des voitures au sol, les ampoules des réverbères au ciel, et très vite ils se confondent. Vous ne savez plus lesquels sont quoi, où se trouvent le bas, le haut, si c'est vous qui êtes ici dehors, si c'est une autre ou un rêve et si vous en reviendrez jamais. Vous cessez complètement de respirer, vous tombez.

17

On vous met à l'Hôtel-Dieu, c'est-à-dire à deux pas du Palais de Justice. Les premiers jours, ça ne va pas très fort. En fait, ça ne va tellement pas qu'on vous donne plein de pilules, comme celles que vous prescrivait autrefois le docteur mais en beaucoup plus efficaces. Bientôt vous confinez au végétal. Le spectacle des murs absorbe toute votre attention. Vous ne vous lassez pas d'observer les variations de leurs angles lorsque vous inclinez la tête à droite, à gauche, de bas en haut. Un large sourire se peint sur vos traits, un filet de salive s'échappe au coin de vos lèvres. Il faut plusieurs minutes pour s'en apercevoir, davantage encore pour s'en émouvoir, décider si cela est acceptable de le laisser s'étirer jusqu'à votre menton. Parfois vous y remédiez avec une lenteur aquatique, parfois vous vous en foutez.

De temps à autre se présente un individu en blouse blanche qui contrôle votre état, tamponne éventuellement vos lèvres et vous remet votre dose. Au bout de quelques jours (vous seriez bien en peine de dire combien), on décide de la diminuer, on essaie, on fait le test. Très mauvaise idée. Dès que la précédente a fini d'agir, vous êtes tellement hors de vous que le médecin-chef prend peur, il dit remettez-lui sa dose, elle n'est pas prête, pas prête du tout. L'inspecteur qui plantonne dans le couloir s'en retourne au commissariat.

Tout de même, votre corps finit par s'habituer à ces produits qui circulent dans vos artères, visitent vos synapses pour les abrutir gentiment. Quelques objets se détachent des murs. Cela ne va pas chercher loin car une fois éliminé le pointu, le tranchant, le contondant, il ne reste plus beaucoup de ressources pour se distraire. Donc il y a une table de chevet montée sur roulettes avec des gobelets en plastique posés dessus. Ils sont vides. S'il y avait de l'eau dedans, vous l'avez bue, mais de cela comme du reste, vous n'avez aucun souvenir. Si, votre fille. Il vous semble bien que vous avez une fille. D'où il procède que vous avez aussi une mère. Vous vous rappelez bien ces deux-là.

Vous notez qu'on vous a revêtue d'un pyjama très inconfortable, dans une matière indistincte entre le tissu et le papier. Et les draps de votre lit de pensionnaire – très bizarres, ces draps. On dirait du plastique. En tout cas, pas moyen de les déchirer. Vous commencez également d'entendre du bruit dans le couloir, brefs échanges entre le personnel soignant et les forces de police, les juges d'instruction et les avocats, entrecoupés d'hululements ivres suivis de longs silences. C'est bon, vous devinez le tableau.

Puis un matin, vous voyez soudain très clair. Vous avez aussi très peur. Lorsque l'infirmière apporte le petit déjeuner, qui se compose de quatre biscottes avec un bol de jus marron dont on prétend que c'est du thé, vous vous asseyez au bord du lit et dites très posément ça ne va pas, je ne veux pas rester ici, et il faut me rendre mon enfant. L'infirmière vous scrute avec une expression indéchiffrable et s'en va prévenir le médecin-chef.

Grand carré à moustaches tirant sur le roux, celui-ci vous questionne sans écouter les réponses, observant vos réactions. Lorsque vous dites que vous avez peur, il déclare ça n'a pas d'importance. Vous répétez si, j'ai vraiment très peur, il faut faire quelque chose, me prescrire d'autres pilules, je peux vous donner le nom des produits, il me les faut sinon je vais devenir folle. Il répond vous n'êtes pas au supermarché et il s'en va.

Restée seule avec votre peur, vous transpirez énormément. Le pyjama colle à vos membres, bientôt votre respiration déraille comme l'autre jour sur le pont Saint-Michel, des milliers de mouches s'envolent à l'intérieur de votre crâne, martèlent vos oreilles, et d'un coup vos forces vous sont rendues. Vous élevez le poing contre la porte blindée, vous frappez, vous cognez jusqu'à ce que votre bras bleuisse, que la douleur passe de la tête au corps, qu'on vienne et qu'on vous administre vos pilules.

Ça dure encore trois jours, puis on a dû s'entendre avec l'inspecteur : dès que les neuroleptiques cessent de faire effet, il débarque avec son adjoint – celui qui ne ressemble à rien, dont vous êtes incapable de vous rappeler la figure. Vous réclamez un avocat. L'inspecteur dit bon, madame Hermant, on n'est pas dans un film, ce n'est pas comme ça que ça se passe dans la vie, il faut d'abord répondre à quelques questions. Il vous laisse ensuite mariner le temps que la mer monte, posant des questions faciles pour tuer l'ennui, du style racontez-moi ce qui s'est passé l'autre jour sur le pont Saint-Michel. Mais on voit bien que ça ne l'intéresse pas : il attend juste que vous deveniez complètement folle sous ses yeux pendant que l'adjoint se cure les dents avec les ongles.

Au bout d'une heure, vous êtes prête à tout et c'est le grand déballage. Mais le récit est tellement confus qu'il vous demande de ralentir, de faire un petit effort avec la chronologie, madame Hermant, parce que là ce n'est vraiment pas clair. Peu à peu votre discours se construit, et vous racontez par le menu votre journée du 16 novembre. Comment vous avez récupéré les couteaux chez votre mari, pris rendez-vous avec le docteur et laissé la petite aux bons soins de personne pendant que vous alliez rue de la Clef. Comment le docteur a provoqué en vous ce sursaut inexplicable. Comment vous avez commis cet acte que vous n'auriez jamais dû accomplir – il n'y a qu'à voir l'éducation que vous a donnée votre mère, irréprochable.

Après quoi l'inspecteur exige des précisions. Il faut établir solidement les circonstances, c'est important dit-il pour le dossier. L'adjoint note à vive allure, vous donnez tous les détails qu'il souhaite mais l'inspecteur en demande toujours davantage, il finit par vous irriter. Vous avez avoué votre crime, que lui faut-il de plus, c'est à croire qu'il ne vous croit pas. Enfin l'adjoint a mal au poignet, ils se retirent. Vous dites bon, je peux avoir mes pilules maintenant ? et l'inspecteur répond je vais voir ce que je peux faire.

Puis c'est le défilé des spécialistes. On vous fait passer des tests assez simples à première vue, où il faut résoudre des problèmes pour mesurer votre degré de logique, votre profondeur de raisonnement. Ils ne livrent pas leurs conclusions mais on devine à leur tête qu'ils ont vu pire, qu'ils ont vu mieux.

Une fois épuisés ces exercices, on vous envoie l'évaluatrice en chef. Celle-ci veut savoir comment vous réfléchissez, comment les épreuves récentes ont affecté votre système de croyances et votre panoplie défensive. Elle semble particulièrement intéressée par votre mère. Oui, parlez-lui de votre mère. Aucun problème. Vous racontez l'appartement et tout y passe, le mobilier, les objets sur le manteau de la cheminée, le lierre dans le salon, les motifs à ramages du tapis. Elle vous observe avec circonspection.

Les jours passent, vous ne savez pas si l'expertise judiciaire progresse réellement mais vous ne pensez plus à l'avenir. De toute façon vous n'allez pas rester à l'Hôtel-Dieu, où l'on ne fait que transiter. Cela procure un peu l'impression d'un voyage en chemin de fer, d'une croisière en Méditerranée : le temps paraît suspendu, le mouvement protège des flèches. Satisfait de votre récente équanimité, le médecin-chef diminue vos doses. Et l'on constate que ce séjour vous a effectivement bien calmée.

En revanche, vous commencez à vous ennuyer ferme. Vous vous plaignez auprès de l'infirmière, celle qui ne compte pas l'empathie au nombre de ses attributs premiers. Elle n'a cependant pas le cœur de vous refuser un peu de distraction et vous offre un magazine à scandales où il est beaucoup question de divorces, de troubles alimentaires. Vous compatissez. Vous voyant attendrie par ces maux qui sans doute l'émeuvent aussi, elle vous laisse un crayon pour faire les jeux. Vous remplissez les grilles, les effacez avec la gomme au bout du crayon, et le lendemain vous recommencez. Après quelques jours, vous avez quand même un peu mémorisé les solutions, et la page est trouée à force d'avoir été gommée.

L'inspecteur vient vous voir à la fin de la semaine. Il réclame deux ou trois détails supplémentaires concernant le déroulement de la journée du 16 novembre, et vous répondez avec lassitude. Vous n'aviez pas emporté de chronomètre, vraiment vous souhaiteriez l'aider mais il y a des choses qui échappent même à l'auteur. C'est bon, on va s'en tenir là, conclut-il en présentant des papiers à signer. Vous signez sans savoir quoi et cela vous indiffère complètement.

Au bout d'encore une semaine, vous êtes tellement sage qu'on vous rend votre fille. Elle se présente avec son attirail de bébé, le berceau, le mobile, les vêtements de rechange, et fait le coup habituel : arrivée en hurlant, elle se tait dès que vous l'ôtez des bras de l'infirmière. Les retrouvailles sont chaleureuses, et vous en oubliez un peu plus vos tracas judiciaires. À part ça, on ne vous dit toujours rien. Les spécialistes vous visitent de temps à autre mais l'intérêt pour votre cas semble s'estomper. Bientôt on ne vous donne plus de médicaments le jour, juste un comprimé le soir pour bien dormir.

18

Pascal Planche.

Pascal Planche possède trois costumes couleur poussière. Le premier en flanelle pour la belle saison, le deuxième en laine mélangée pour l'hiver, le dernier en synthétique parant aux éventualités (taches, retard du pressing, pluies diluviennes). Ses chemises sont à rayures coordonnées, à petits carreaux parfois. Ses chaussures n'appartiennent à aucune espèce identifiable – mocassins, richelieux, derbys, tennis, baskets ou tongs. Pourtant il les aime, consacre ses dimanches à leur entretien. Ayant aligné les paires face à lui, il s'empare de la caisse où il range son outillage. D'un côté, chiffons, éponges, de l'autre, cirages et crèmes. Pascal étend une feuille de papier journal sur le parquet et s'attaque à l'ouvrage. Il procède par étapes plutôt que par paires, estimant que cette méthode repose mieux l'esprit. Une chaussure après l'autre, il chasse les souillures au moyen d'une brosse à longs poils souples, masse le cuir avec un lait nourrissant, brosse à nouveau, fait reluire, cire, glace, frotte, jusqu'à complétion de ce processus qui lui apporte une satisfaction invariante et méritée.

Pascal habite rue de l'Argonne, dans le 19ᵉ arrondissement, à la station de métro Corentin-Cariou. Le lundi matin, il emprunte la ligne 7 pour se rendre aux Archives nationales, où il est responsable du fonds réunissant les minutes des notaires parisiens. Son bureau consiste en un réduit d'une dizaine de mètres carrés avec vue sur la belle cour des Archives. Des boîtes sont entreposées du sol au plafond, soigneusement cotées. Il n'a jamais la moindre hésitation lorsqu'il s'agit de retrouver un document. Son système est parfaitement organisé, sans erreur ni défaillance possible.

Pascal est très serviable. Il prête main forte à ses collègues débordés, porte les sacs de provisions des vieilles dames, arrose les plantes quand on est en vacances, nourrit les chats. Et puis peu contrariant, ajouteront ses amis, anciens du service militaire qu'il retrouve chaque vendredi soir : Planche est toujours partant pour tout, boire des verres, aller au cinéma ou vous aider à déménager, soutenir n'importe quelle équipe de football du moment que ça peut faire plaisir, au point qu'on ne sait jamais ce qu'il pense vraiment. Du reste on a fini par croire qu'il ne pense rien.

En conséquence, Pascal est sous médication depuis sept ans et demi – deux comprimés matin et soir, plus un autre dès que sa cervelle s'apprête à faire sauter la soupape de son crâne. C'est du moins l'expression retranscrite par le docteur lors de sa première consultation. Depuis, il occupait le créneau de 10 h 30 le lundi. Ce jour-là, il pointait aux Archives à 8 h 30 puis débadgeait à 10 h 10 afin, racontait-il à ses collègues, de se rendre chez le kinésithérapeute. Qu'un homme dans sa profession souffre du dos, cela se conçoit. On le laissait partir tranquille, et Pascal empruntait de nouveau la ligne 7 jusqu'à Censier-Daubenton. À 11 h 20 il était de retour, et finissait à 17 h 40 pour rattraper les soixante-dix minutes passées à soigner sa douleur. Quand même, on s'inquiétait de ce que ça n'avait pas l'air de s'arranger, ses maux de dos. Chronique, c'est devenu chronique, répondait Planche évasivement avant de se replonger dans ses liasses à coter.

Tiraillé entre les affres du délateur et son devoir de citoyen, c'est aussi lui qui a rapporté aux policiers la conversation téléphonique du 16 novembre entre Viviane Hermant et le docteur, le rendez-vous pris aux alentours, je dis bien aux alentours, de l'heure du meurtre. Son nom apparaît pour la première fois dans *Le Parisien* du mercredi 23 décembre, que l'infirmière offrira le lendemain à Viviane. Or, selon cette édition et concernant cette même journée du 16 novembre, Planche n'a pu répondre de ses agissements entre 17 h 40 et 21 h. Pire, ayant raconté qu'il avait regagné son domicile comme tous les jours, il a vu cette assertion invalidée par sa voisine de palier.

Dans cet immeuble en fer à cheval de la rue de l'Argonne, les fenêtres de la voisine donnent directement sur le salon et la chambre de Pascal. Or ceux-ci sont demeurés dans l'obscurité jusqu'à 20 h 35. Elle s'en souvient très bien parce que c'est l'heure inhabituellement tardive à laquelle il est rentré ce soir-là, au moment précis où débutait la finale d'un spectacle télévisé exaltant une certaine conception de la culture générale – elle ne manque jamais les finales, le présentateur est si beau et on l'y voit plus longtemps. Ainsi Pascal se retrouve en garde à vue, édition du *Parisien* du 25 décembre. Joyeux Noël, dit l'infirmière à Viviane.

S'ensuivent plusieurs jours pendant lesquels il ne se passe rien. Puis un matin, on laisse entrouverte la porte de sa cellule. Viviane n'a pas spécialement l'intention de prendre la fuite, mais il y a un bout de temps qu'elle n'a pas mis le nez dehors. Serrant le bébé contre son épaule, elle se risque dans le couloir où deux infirmières promènent des tables à roulettes chargées d'ustensiles médicaux. À droite, c'est un mur blanc percé de dizaines de cellules, à gauche une enfilade de fenêtres aux barreaux musclés, ouvrant sur une cour étroite et nue. Elle parvient à l'ascenseur et, comme les infirmières ne lui prêtent toujours aucune attention, s'engage dans la cabine. Les portes se referment, offrant sur leurs parois le reflet d'une silhouette pâlichonne très mal coiffée. Au hasard, elle appuie sur le bouton du premier.

À cet étage, c'est tout à fait la même configuration, sauf qu'il n'y a pas de barreaux aux fenêtres et qu'à l'entrée du couloir, des panneaux indiquent la direction des différents services. Elle emprunte ce couloir, cela finit par faire une balade, revient sur ses pas. Rappelle l'ascenseur et demande le rez-de-chaussée. Ici, le décor change du tout au tout. Viviane longe une galerie aux arcades vitrées donnant sur une large cour intérieure, terminée à une extrémité par un labyrinthe de buis, à l'autre par un genre de temple grec, et progresse jusqu'à l'accueil. Dans le vaste hall où se rejoignent les deux galeries bordant la cour, des patients somnolent sur des sièges métalliques, attendant leur tour en chiffonnant des papiers de Sécurité sociale, et au milieu s'ouvre la porte d'entrée. Ou de sortie, comme on veut. Elle est tout à fait accessible, il suffit de se diriger dessus pour déclencher l'ouverture automatique des battants et respirer l'air libre.

Un nuage de poussière monte à votre cerveau. Excite votre système sudatoire, fait trembler vos doigts. Au bord du vertige, vous agrippez l'enfant pour qu'elle vous retienne de tomber. Le bébé remplit son office. Droite sur vos jambes, vous battez en retraite et, cinq minutes plus tard, vous avez réintégré votre cellule, sagement assise sur le lit de pensionnaire. Vous attendez le déjeuner – aujourd'hui escalope de volaille et sa purée de chou-rave.

19

Le 5 janvier se présente votre mari. Julien Hermant, oui, c'est bien son nom, il est là dans le couloir, l'infirmière veut savoir si elle peut le laisser entrer, si ça ne risque pas de vous perturber (c'est lui qui pose la question, moi je ne fais que transmettre). Vous acceptez de le recevoir et, sans répondre à ses bonjours embarrassés, réclamez aussitôt des nouvelles de Pascal Planche.

Coffré, on l'a coffré, s'étonne encore Julien qui apporte des magazines et demande timidement la permission de prendre l'enfant. Tu sais, poursuit-il après l'avoir obtenue, j'ai cru que ce serait une bonne idée de t'en délester un peu. Mais j'ai vite compris qu'à cet âge, on a besoin de sa mère, et j'ai préféré te la rendre, vu que les médecins disaient que ça s'arrangeait. Parce que ça s'arrange, n'est-ce pas ? conclut-il plein d'espoir.

Ensuite c'est Gabrielle qui vous rend visite. Elle vous contemple sans animosité particulière, perchée au bord de son siège comme une statue qui n'aurait pas trouvé de socle à sa mesure. Vous murmurez des espèces d'excuses mais la veuve les balaie d'un geste. Elle est venue pour faire le point. Vous raconter un peu sa vie, puisqu'elle vous intéresse tant.

Gabrielle a découvert qu'elle était riche. Pas à millions, certes, mais assez pour voir venir. Et soudain elle a réfléchi qu'elle n'avait besoin de personne. Elle a fait ses valises, tout rapatrié rue du Pot-de-Fer, jeté les aquarelles minables du docteur et s'est installée. L'accouchement d'Angèle s'est bien passé. En revanche c'est un garçon, alors que l'obstétricien aurait juré le contraire. Du coup la mère n'avait pas trouvé de prénom, mais nous avons fini par tomber d'accord sur Achille, développe la veuve. Ah oui, j'ai aussi dîné avec votre mari, ajoute-t-elle sur le point d'oublier. C'est sûr qu'il est beau. Mais qu'est-ce qu'il est coincé. Bon, quelle heure est-il, midi vingt, il faut que je me sauve. À un de ces jours, Viviane.

Puis vous ne recevez plus de visites. À défaut, vous faites quelques promenades. Vous explorez l'hôpital, la cour principale encadrée par trois étages de galeries dont le dernier offre une vue plongeante sur le parvis de Notre-Dame. Sur le toit de la cathédrale, des touristes en cage examinent le panorama. Parfois ils font des signes et vous y répondez.

Un matin, par curiosité, vous allez jusqu'à la chapelle, sur le passage reliant les galeries supérieures. C'est très décevant, pas du tout à la hauteur de l'établissement de premier ordre qui vous héberge. Le lieu consiste en une toute petite salle contreplaquée dans les années 1970, avec deux rangées de chaises dépareillées, un autel sans apprêt au pied d'un vitrail de grossière fabrication industrielle. En vérité, cela vous rappelle le siège du Parti communiste. Non que vous ayez un passé révolutionnaire, mais Julien adorait vous traîner sous la coupole d'Oscar Niemeyer, place du Colonel-Fabien, afin d'en détailler les beautés architecturales. Vous ne restez pas trop longtemps dans la chapelle.

Le 10 janvier arrive le médecin-chef entouré de sa cour. Il vous examine deux minutes, dit tout est en ordre à personne en particulier, vous pouvez l'emmener à l'infirmière. Celle-ci vous presse de rassembler vos affaires. Vous réunissez les objets accumulés dans la cellule au fil des semaines, les fourrant à l'intérieur de grands sacs en plastique, et vous la suivez, bébé bien en main, dans le couloir et l'ascenseur, la galerie du rez-de-chaussée. L'infirmière vous escorte jusqu'à la sortie, actionne l'ouverture des portes et vous plante avec les sacs sur le trottoir, face à un taxi Peugeot anthracite où votre mère patiente en fumant une cigarette.

20

C'est une ville armée de béton de part en part. Cela pourrait être Saint-Nazaire, Cherbourg, Le Havre. Des rangées d'immeubles élevés en hâte après la Libération dressent un rempart contre l'eau, toute trace de bombardement soigneusement abolie. Au pied des façades serpentent l'asphalte de la départementale, les pontons du port de plaisance, la plage de galets. La mer et le ciel bas roulent l'un vers l'autre à la vitesse d'un hors-bord, au bout le soleil pâle tombe dans l'eau.

Vous êtes accoudée à la rambarde d'une terrasse au huitième étage. Toutes les fenêtres de l'appartement ouvrent plein ouest, sur l'eau traversée au large par les ferries, les pétroliers, les porte-conteneurs. Au sud, on distingue les grues du port industriel, penchées sur le quai désert comme des ptérodactyles résignés. Puis le labyrinthe vertical d'une cimenterie, les dômes de la raffinerie.

L'appartement se résume à trois pièces assez bien distribuées, chambres de part et d'autre du séjour et salles d'eau rassemblées au fond du couloir. La décoration est sommaire mais il n'y a plus de cartons. Toutes vos affaires ont été rangées dans les placards, sur les étagères fraîchement posées. De nombreux allers-retours dans de grandes surfaces de bricolage ont été nécessaires pour obtenir ce résultat. Vous ne vous êtes occupée de rien. On a apporté des catalogues, vous avez coché des modèles, abandonné les détails aux spécialistes. Sorti votre chéquier.

Donc vous êtes sortie de l'Hôtel-Dieu, et votre mère vous a ramenée chez vous. Les semaines suivantes, vous avez beaucoup dormi, parfois vous avez regardé la télévision. Il s'y passe l'après-midi des choses aériennes situées dans de lointains décors. Des chirurgiens trahissent leur épouse avec des infirmières enceintes de pilotes de l'air, les maris meurent par le truchement de pics à glace, et les veuves roulent en décapotable sur toile de fond azuréenne. Tous, ils vous berçaient comme le souvenir d'une vieille plaisanterie.

En mars, vous étiez déjà moins fatiguée, il a fallu songer à l'avenir. Or les Bétons Biron n'étaient, comment dire, pas trop pressés de vous revoir. Jean-Paul n'a pas déclaré franchement non, Viviane, je préférerais que vous ne réintégriez pas votre poste, ni je souhaiterais qu'Héloïse vous remplace. Il a dit vous savez, j'ai des contacts – partenaires, entrepreneurs, collectivités territoriales –, ajoutant vous connaissez la Normandie ? Figurez-vous qu'ils cherchent une adjointe à la communication régionale : alors j'ai pensé tiens, pourquoi pas vous. Ça ne vous dirait pas de prendre l'air ?

Vous êtes montée dans le train gare Saint-Lazare, avez passé un entretien d'embauche pour la forme. Quinze jours plus tard, tout était réglé – le montant du salaire, le préavis de la rue Cail, la location sur le front de mer qui était votre unique exigence. Vous êtes entrée dans vos nouvelles fonctions le 15 avril. C'est un travail, ni plus ni moins. Vous vous rendez chaque jour dans un bureau, vous y faites ce qu'on demande et repartez à 18 h.

La nourrice locale, selon vous, n'arrive pas à la cheville de l'ancienne. Elle parle beaucoup, pose trop de questions, n'attend jamais la réponse pour en poser d'autres. C'est l'avantage. Vous la laissez discourir au milieu des enfants qui hurlent alors que la vôtre est si sage, parfois elle vous effraie.

Vous n'avez pas emporté le rocking-chair. Ce n'est pas là que vous lisez les coupures de presse collectionnées pendant votre séjour à l'Hôtel-Dieu, ni que vous tricotez en vous repassant le fil des événements. Vous faites tout cela dans votre lit, avant d'abandonner le tricot pour occuper vos mains d'une autre façon qui vous détend.

Ainsi, à la suite de votre petite attaque nerveuse du 16 novembre, vous avez bien pris rendez-vous avec le docteur en fin de journée, et vous êtes arrivée parfaitement à l'heure. Mais vous n'étiez pas seule. Vous étiez avec votre fille, que vous n'alliez tout de même pas laisser sans surveillance à douze semaines. Il fallait voir sa tête : le docteur vous a prise d'encore plus haut que d'habitude, vous a écoutée en bâillant puis renouvelé votre ordonnance.

Après quoi tout devient très étrange, comme si l'on vous avait instillé les souvenirs d'une autre. Pourtant vous savez que c'est vrai. Vous sortez du cabinet. Une fois de plus, vous n'avez pas obtenu ce que vous souhaitez. Vous pensez ça ne sert à rien, ça ne balaie même pas la poussière, ça me la fait mordre et c'est tout. La lumière de la nuit filtre dans l'escalier, une plante en pot veille sur le silence de la cage. Vous vous asseyez sur la première marche, courbée en parasol au-dessus du bébé. Vous pleurez.

Un autre patient se trouve déjà dans la place. Vous avez entendu le grésillement de la sonnerie lorsque vous étiez avec le docteur, il lui a ouvert grâce à l'interrupteur sur la table basse près de son fauteuil. L'autre est entré dans la salle d'attente, tirant la porte derrière lui. Lorsqu'il ressort du cabinet, peut-être un quart d'heure plus tard, vous êtes toujours assise sur la première marche mais vos larmes ont séché. Vous levez les yeux quand il passe à côté de vous pour se précipiter à l'extérieur. C'est un échange de regards très bref en plongée-contre-plongée, vous semblez aussi égarés l'un que l'autre. Il esquisse un mouvement, aperçoit le bébé qui dort contre vous. Prend la fuite. Vous n'avez aucun souvenir de son visage, mais tous les journaux vous diront qu'il s'agissait de Pascal Planche.

Vous êtes restée encore une ou deux minutes sur la marche, puis vous avez rassemblé vos forces. Ce n'est pas tout de ne jamais remettre les pieds dans cet appartement : encore faut-il regarder le docteur bien en face et lui dire vous êtes nul, je vous vire. Cette fois, toutes les portes étaient ouvertes. Vous êtes entrée sans difficulté et vous avez vu l'homme à terre, la marée rouge sur la chemise bleue, les yeux et la bouche grands ouverts sous l'effet d'une ultime incompréhension.

Vous ne saurez pas ce qui a motivé le geste de Pascal Planche. Vous apprendrez seulement qu'on a retrouvé chez lui le coupe-papier du docteur, et que celui-ci, d'après les analyses, est indubitablement l'arme du crime. Vous en déduirez que vos couteaux à vous, baladés du 12e au 10e puis au 5e arrondissement et ainsi de suite, n'auront servi à rien. Pour preuve, ils ont été rendus à votre mari.

Trois mois plus tard, à la sortie de l'Hôtel-Dieu, on vous a remis une copie de votre dossier médical. Vous l'avez étudié en fronçant les sourcils. Vous l'avez lu et relu, mais vous n'avez reconnu personne dans cet empilement de termes techniques pareil à ceux qu'on lit dans les comptes rendus de laboratoire. Vous avez essayé de comprendre. À la bibliothèque municipale, vous avez compulsé des revues, des dictionnaires spécialisés, mais il n'y avait dans vos yeux que des pages blanches striées de petits insectes noirs, et ces signes censés représenter des lettres qui s'assembleraient en mots, en phrases, en paragraphes, ne traçaient aucune figure intelligible. Vous avez observé les silhouettes autour de vous, penchées sur de volumineux ouvrages dont elles extrayaient des notes qu'elles retranscrivaient minutieusement sur des fiches cartonnées. Elles semblaient comprendre, les mots pour elles coulaient de source. Vous auriez aimé les interroger – collégiens, chercheurs d'emploi, amateurs de curiosités psychologiques. Vous n'avez pas osé dire c'est pour une amie, je me documente afin de mieux l'aider, craignant de leur révéler d'épouvantables secrets accessibles à tous sauf à vous-même. Pliant et repliant la copie du dossier médical, vous l'avez transformée en bateau de papier, et vous avez gagné le bassin de La Villette où l'eau avait gelé en larges plaques dérivant sous le soleil orange. Vous y avez déposé le bateau, tourné le dos.

Sur la terrasse, vous observez les ronds des oiseaux dans le ciel jusqu'à ce que le jour disparaisse entièrement sous la ligne d'horizon. Puis vous rentrez dans la chambre où reposent le bébé, les girafes et les lions qui achèvent leur course entre vos mains. L'enfant hasarde quelques vocalises, explore avec un peu plus de méthode les variations de son instrument, et vous y répondez avec une ferveur absente. Ses gazouillis produisent des formes chaque jour plus élaborées. Elle entretient le dialogue avec des sourires, interroge, suggère, proteste, se tortille à la manière d'un insecte renversé, riant dans l'espoir de vous rallier à elle. Vous finissez par la prendre dans vos bras pour la bercer distraitement de droite à gauche, vers le haut, vers le bas, cela devient de plus en plus flou.

CET OUVRAGE A ÉTÉ ACHEVÉ D'IMPRIMER LE QUINZE MAI DEUX MILLE DOUZE DANS LES ATELIERS DE NORMANDIE ROTO IMPRESSION S.A.S. À LONRAI (61250) (FRANCE)
N° D'ÉDITEUR : 5153
N° D'IMPRIMEUR : 124732

Dépôt légal : septembre 2012